四十七个

深圳

张运涛 著

郑州大学出版社

图书在版编目（CIP）数据

四十七个深圳 / 张运涛著. — 郑州 ：郑州大学出版社，2021.6
ISBN 978-7-5645-7809-1

Ⅰ. ①四⋯　Ⅱ. ①张⋯　Ⅲ. ①纪实文学－中国－当代
Ⅳ. ①I25

中国版本图书馆 CIP 数据核字（2021）第 067336 号

四十七个深圳
SISHIQI GE SHENZHEN

策划编辑	李勇军	封面设计	刘婉君	
责任编辑	刘金兰	版式设计	刘婉君	
责任校对	申从芳	责任监制	凌　青	李瑞卿

出版发行	郑州大学出版社有限公司（http://www.zzup.cn）
地　　址	郑州市大学路 40 号（450052）
出 版 人	孙保营
发行电话	0371-66966070
经　　销	全国新华书店
印　　刷	河南瑞之光印刷股份有限公司
开　　本	890 mm × 1 240 mm　1 / 32
印　　张	8.25
字　　数	165 千字
版　　次	2021 年 6 月第 1 版
印　　次	2021 年 6 月第 1 次印刷

书　　号	ISBN 978-7-5645-7809-1	定　　价	38.00 元

本书如有印装质量问题，请与本社联系调换。

目 录

附录

1980 年代

出门

　　枣花很白，衬得血管的青色格外耀眼。吃罢晚饭出来，她会换上一条皱巴巴的裙子，料子不好，上面还印着大朵大朵的牡丹。但她露出来的小腿，像藏了几千年的白瓷，让人不敢多看。姊妹五个，没有兄弟。也许就因为这个，枣花格外早熟，多大了还喜欢过家家的游戏。她当妈妈，经常摸男孩们的头或脸，莫名其妙地抱紧他们，亲他们……无论是责骂还是亲热，动作都很夸张，明显带着表演的成分。有一次，她还让一个男孩子趴在她身上。冬天是农村最无聊的季节，枣花偶尔会叫一帮人去打牌，就在她们家的厨屋里。天一黑定，大人们都睡了，厨屋还留着烧饭时的余温，并不太冷。

　　后来就出事了，长旺和枣花搞到一起了。还有人说得更详细，说抓牌的时候长旺手快了点儿，碰住了枣花的手——也可能是枣花快了一点儿，碰到了长旺的手——年轻男女谁都抵抗不了那种原始的欲望，缠在厨房的稻草堆里。稻草白天吸收的太阳味，让他们流连忘返，烈火轰的一声燃起来……大铁听到动静，出来狠狠揍了长旺一顿。枣花从此不见了踪影。

枣花是王畈第一个闯深圳的人。她没有边防通行证，"二线关"被卡住，被人引到宝安一个小厂，做磁片，计件，一月一百多元工资，勉强够吃。枣花不会说白话，又不敢捏着嗓子说普通话，很少出门。下班后就坐在厂门口的草地上看天，看星星。她不知道深圳离王畈多远，只知道走了两天，先坐车到信阳，再坐一天一夜的火车到深圳，再转四次公交车……逾半年，终于敢撇普通话了，趁着外面到处开山平地，辞职到工地上送盒饭。很快攒下一大笔钱，尝到自己做老板的甜头，转而租下一间房子，开理发店。

阿龙领着人来给小店装闭路电视，至中午，枣花烧了一桌菜留他们一起吃饭。阿龙是典型的深圳土著，老渔民的后代，黑，个子也矮，枣花一开始并没有留意他。交往多了，外在的东西渐渐被忽略……

得知枣花怀孕，阿龙拿来一千块钱让她打掉，他有老婆。枣花哭了几天，骂阿龙是骗子、强奸犯。冷静下来后，还是决定生下孩子。

是个儿子，阿龙态度大变，将枣花接回家，六层小楼的第三层给他们母子住——二层住着阿龙和原配。

儿子周岁，枣花带他出去拍照。晚归，发现路边霓虹闪烁，卡拉OK歌舞厅似一夜之间长出来，年轻漂亮的女孩挤在门外，袒胸露乳招引路人。枣花一边担心阿龙，一边感叹这座城市的魔幻。

儿子进幼儿园，枣花无聊，想出去找事做，阿龙不同意——他们家征地补偿上千万，不差钱。恰逢村里承包荒山，三十年合同，价格又低，枣花觉得划得来，再补植点儿荔枝树，山上水果的销售收入差不多就能抵得上承包费。阿龙不愿她如此折腾，觉得没面子，枣花说自己不用做，转手就能挣钱。

果然，翌年一个台湾老板想在山上开饭馆，出价几乎是先前的十倍，想签下十年的合同。阿龙喜不自胜，满口答应。枣花却不同意，物价飞涨，一天一个价，她要一年一签。

钱像流水涌来，枣花用不了那么多，给父母在老家造了一座两层小楼，余下的在宝安买了商铺。第三个孩子满月时，适逢香港回归，阿龙家大摆宴席，大铁老两口也在场。阿龙不避他们，三个老婆一起在一楼大厅用餐——阿龙后来又找了个小三，生了一男一女，住第四层。枣花也不闹，半真半假地威胁阿龙，你要是不用，我也不能老闲着——别怪我到时候给你戴绿帽子。

小儿子大学毕业那年，枣花诊断出淋巴癌，已经扩散到肺。大铁老两口去看她，枣花神情委顿，与先前的强势利落判若两人。那时候她已和孩子们搬出来独居，自己买的海景房，复式。楼上楼下都是医院的检查单、CT片、胃镜片、活检结论、B超片、药……

临终前，枣花把阿龙、儿女们叫到一起，宣布自己的遗嘱：儿女各一套房子，商铺两个儿子一人一间，存款三兄妹每人一百万，剩下六十二万给爹娘养老。阿龙好歹是孩子们的爹，两辆车留给他，也算个念想。

大铁把女儿的骨灰带回王畈。葬礼异常热闹，枣花的棺一起，炮仗就没停过，一直到墓地。大铁还破了王畈那一带的先例，请了唢呐。近了墓地，才发现头天上午打好的坑被谁填上了。

大铁其实心里有准备，他反复问过阴阳仙，能不能把下葬的时间再朝前提提。头天晚上村里就有人叨叨，说枣花姓王不假，但毕竟出了门——王畈这一带，女孩出门即出嫁——不能进祖坟。这还不是关键，关键是人们暗里臆测枣花得的是艾滋病。她是村里最早跑深圳的人，后来突然发财了，突然挣到大钱了——挣大钱在王畈特指做皮肉生意——大铁家的小楼就是明证，方圆十里第一家。大铁听了，后悔没把枣花的诊断书拿回来，贴到大路上。

大铁指挥人清理坑里的土。唢呐又重新吹起来，直到几个老头老婆来到墓地。都是跟大铁差不多年龄的人，精神气儿倒十足。大铁啊，枣花的事我们也难过，年纪轻轻的。可这祖上的规矩你也知道，是吧？

大铁给他们作揖，枣花没结过婚，还是咱王家的闺女啊。

没结婚，孩子从哪儿来的？有人问。

大铁一时气短，其他几个趁势都嚷起来。

枣花不能埋在祖坟里！要是冲撞了先人，影响了姓王的后代，谁负责？

我们也都是快入土的人了，破了王家的风水殃及后代那可是大事！

…………

丧事不得不再次停下来。大铁这边的女眷可能觉得委屈，嘤嘤哭起来。那几个老头老婆见惯了这种场面，不为所动。

枣花她娘早在一旁跪着，俯着身子哭。枣花的小儿子见外婆跪着，也跟着跪下。遗像扣在地上，大铁上去扶起来，用袖子擦去灰尘，靠在外孙身上。枣花的面容重又清晰起来，她乜斜着眼，嘴角上翘，似笑非笑。大铁转身从包里摸出一叠红票子，一人数五张，塞进那几个老头老婆兜里，嘴里念叨着什么，被悲凉的唢呐声吞没。谁也没听清……

太极神功

　　《少林寺》下到镇上时，吴大军一连看了七遍，在电影院里憋了一整天。出来为了像小虎，先理成了光头。不知道从哪儿又弄到一套拳法——几张图纸，上面分解了十几个动作——体育课时就站在一边比画，说是"降龙十八掌"。很快传到街上，一个声名远扬的街痞子过来会他。吴大军心虚，知道自己那一套都是花架子，对方又比他高一头。试探了两下，双方都晃了空。街痞子的几个随从在一旁喊："柱子，上啊"。这边同学也喊："吴大军，打啊！"学生多，喊声震天。吴大军稍一走神，面上就挨了一拳……

　　吴大军不服气，到处求人指点，学习散打技巧。月余，与街痞子约战学校操场。刚下了夜自习，外面月光如洗，吴大军怕学校处分，宣布噤声。街痞子煞有介事地踢腾了两下，算是热身。吴大军也想好招式，冲上去踩住对方的脚，仰头狠顶对方的下巴……只一招，街痞子倒在地上，满嘴是血。吴大军懵懂之中成为小镇传奇，他决心走遍天下，扫黑除恶。那一年，吴大军十六岁。

下了火车坐汽车，到了"二线关"，才知道进市区还得有通行证，吴大军被卸在关外。摩托客围上来，夹着各种方言的普通话叽叽喳喳一阵子，转眼又载着客散去。天已黑定，吴大军找了一偏僻处拉屎，三个黑影围上来，问他要暂住证。吴大军知道暂住证的厉害，拿不出来就要被带走关起来。他仗着有功夫，从容提上裤子，从包里摸出刀，未及扬手，就被打趴在地，被送到樟木头关了几夜才放出来。

送了点儿小钱，吴大军进了宝安一家箱包厂。箱包厂没有江湖，只有规矩。吴大军受了教训，整日闷头干活，不管世事。旋而熟悉了所有生产工序，看到任何一种包，都能一口说出成本。逾二年，台湾老板请他做厂长，管生产。

一日晚归，两个湖南人在黑暗处堵住他，说要借五十元。吴大军知是遇上了强盗，在裤兜里捻了五张票子，抽出来。对方见他拿得轻巧，改口说是一人五十。吴大军略一思忖，又从兜里捻出五张——一百元不算太多，他们肯定有备而来，身上都带着家伙。

如是两次。第三次，吴大军去自行车厂与老乡聚会，回来的路上又被拦住，张口要借五百。吴大军爽声说好，让他们第二天去厂里取。回去连夜置了五十把刀、五十根棍放在厂门卫室，召集河南老乡，指着工厂墙上的标语"时间就是金钱，效率就是生命"说，我不知道效率也算生命，我只知道活着就得打拼。到了约定时间，湖南人还真来了，带头的人称疤哥，说是道上的人。吴大军经历过这阵势，并不惧他。五百块钱就在我身上，就看疤哥你有没有本事拿走。

疤哥抱拳冲他一笑，既然知道我，咱就干脆点儿。

吴大军也笑，叫你一声疤哥是抬举你，你不知道我？江湖人称军叔，比你长一辈，曾经横扫一条街。

疤哥吐了口唾沫，手向后一挥，几个湖南人先冲上来。吴大军眼疾手快，一个箭步上去，单手锁住疤哥的喉咙。一场激战下来，湖南人溃不成军。

此后双方相安无事，直到箱包厂搬至坪山。吴大军听说疤哥渐渐退出江湖，承包了深圳到老家的长途客运线。他也受到启发，深圳终不是他们的家。香港回归前，吴大军带了四十万现金回老家做生意。

吴大军在老家收猪，转手卖给武汉将军路上的一家屠宰厂。第一趟很顺，赚了三千多块钱，他还纳闷，武汉这么近，怎么之前没人做这生意。第二趟就出了事，轮胎破了。吴大军下车查看，车上的猪栅栏已被截断，一头猪被拖走。吴大军挥舞长刀追了一阵，又担心车上的猪。后来才听说，107 国道一直都乱，经常有人劫车——爬上车卸货，或者直接堵住车要钱。

转而收花生米，朝商丘睢县送。有一次，老婆兴奋地告诉他，对方多付了一千五百块钱。吴大军略一沉吟，要退回去。老婆不情愿，他们每次都压我们的秤，还除土除杂质，这一千五百块钱算是他们克扣咱们的补偿。吴大军骂她猪脑子，要是他们想害咱，别说一千五百，一万五千还不是小菜一碟？到家打电话给对方会计，说是回来的路上对账，发现多了一千五百块钱，不送回去了，下次再去送货时扣掉。

第四年，税务找上门，说他长年偷税逃税，算下来有十几万。工商听到动静，也来算账……暗送明交，吴大军的日子又回到解放前。

还是打工省心，吴大军重回深圳。从前的小弟在坪山开了家箱包厂，吴大军去管理，工资两千五百元。小弟不走正道，迷上赌博，逾二年，箱包厂找不到订单，难以为继。吴大军又被人挖走，工资之外另有分红。

继而，亚洲金融危机，箱包厂每况愈下，吴大军也出去要账。遇一无良老板，自吹是少林寺俗家弟子，吴大军也不戳破他，在心里温习了一遍十几年前的"降龙十八掌"，推开身边桌椅，抱拳作揖，见笑！一套动作刚完，老板就上前亲热揽住其肩膀，兄弟兄弟！吴大军冷脸沉默半晌——其实是怕对方看出自己在喘粗气，极力忍着——无良老板怕他生气，打电话让财务即日还款。

其时，很多工厂倒闭，老板跑路。吴大军怕自己的工资无法兑现，黑下老板十万货款，低价收了几台机器和材料，转到宝安开厂，取名锦绣箱包。一年末满，买了辆凯美瑞。那一年，整个行业都赔钱，只有他赚了二百多万。

逾数年，锦绣箱包的客户接连流失，吴大军去对手的工厂应聘，辗转探到原因，人家原料价廉物美，工序又有革新，生产成本大大降低。吴大军思虑再三，觉得自己跟不上形势，决意退休，将厂子交给刚刚大学毕业的儿子——深圳现在需要的是科技与智慧，不是功夫。

果然，锦绣箱包在儿子的管理下重振江湖。吴大军放下心，跟着一个先前的客户练太极，继而又报了培训班。儿子看不上眼，爸，那些慢腾腾的动作有啥用？半天也出不了汗。吴大军讲不出道理，回去问教练。教练说，太极又叫太极神功，典型的中国文化。跟其他运动不同，它练的是内功，既能防身，又能健体，看似安静，其实内里在运动。这一点，跟西方的拳击明显不同。拳击的目的只有一个，就是要把对手打倒。吴大军还不明白，教练又拿茶和咖啡打比方，同样是提神，西方的咖啡来得更直接更刚猛，而中国的茶则润物细无声。吴大军点头，他想到三十多年前月光下的那场比试、箱包厂的管理，似若有所悟。

木棉花开

从初中到高中，鲁国中和方丽娟一直是同班同学。两个人的交集缘于一次意外，方丽娟进教室时误撞到鲁国中身上。同学起哄，说鲁国中和方丽娟拥抱。两人再见面，便扭捏起来，像是真有什么隐情。

方母打探到鲁家穷困，爹娘又懦，难有出头之日，阻止他们交往。但高考结束，方丽娟谎称去会同学，隔三岔五住进鲁国中家。等方母发现，木已成舟。两家商量好日子，鲁国中带上母亲准备好的猪坐盘和两百块钱礼金，去接方丽娟。回来的路上，天刚亮，太阳还没出来，方丽娟坐在自行车前梁上，车后面带着方母送的被子枕头。自行车跑起来，方丽娟身上宽大的幸子衫像鼓起了风帆。鲁国中下巴抵在方丽娟头上，以为世界就此在他面前展开，速度越来越快。时不时地，还会像个贪吃的少年，揽过方丽娟的嘴巴，亲上一下。

生活渐渐稳定下来，鲁国中不甘心，年后又进了复读班，想再试一次。方丽娟嘴上说支持，心里却极度失望——

鲁国中并没把她放在心上。方母听到女儿埋怨，正中下怀，偷偷托人帮她流了产，在家休养一月后远走深圳。高考之前，鲁国中两次收到方丽娟的汇款，没有地址。

高考过后，鲁国中心下恍惚，不知道是因为落榜还是因为家里少了方丽娟。他想象从前屋里有方丽娟的日子，她穿着无袖圆领家常汗衫，慢声细语地说话，在屋里走动时身上散发出的清新香皂味，衣物摩擦时的窸窣声……既遥远又亲切。听人隐约说到方丽娟好像是在坪山一家制罐厂，鲁国中顾不上秋收，寻了过去。

鲁国中以为坪山最多像他们县城一样，楼房多，路多，绕一圈得十几分钟。没想到，一下火车便被挤入人海。周围厂房摩肩接踵，汽车川流不息。鲁国中惶恐不安，心想这才是真正的世界。

坪山不大，也不小，制罐厂就有好几家，却都没能找到方丽娟——换了名字也说不定。那一个星期，鲁国中在桥底下住过，楼道里也将就过，还得躲查暂住证的。一个相熟的老乡劝他先找个工作，立下脚再慢慢找。

义秋花厂看他字写得好，让他在办公室做文员。工作倒是清闲，单调枯燥，刚好对得起那份工资。两个月后，又转到一家塑胶厂，做主管。很快就是春节，鲁国中趁着放假回了老家，希望能碰上方丽娟。方丽娟没见到，倒是遇到一个远房亲戚，大学刚刚毕业，分配到县城水利局工作，工资还不到鲁国中的十分之一。鲁国中本来无意再回深圳，发现大学生竟没有他一个打工仔的工资高，也不纠结高考失利了，铁下心继续打工。

方丽娟却越来越远，一是鲁国中要专心工作，二是身边向他示好的姑娘应接不暇。逾数年，鲁国中转至一家具厂，做厂长，工资说出来没人敢相信。眼看已近三十岁，胡乱挑了个姑娘娶了，在老家县城买了房子，安下家。

1999年春杪，女儿出生，鲁国中回老家陡沟做满月。逢集，邮政所门前人头攒动，取信的、寄信的、领汇款单的、取款的，还有存款的……墙上新刷了标语：出门去打工，回家谋发展。不远处，学校的高音喇叭正在播黄磊的歌："我想我是海，宁静的深海，不是谁都明白。胸怀被敲开，一颗小石块，都可以让我澎湃……"人群中，鲁国中突然瞥见方丽娟，仍细皮嫩肉，圆鼓鼓的胳膊，圆鼓鼓的胸脯，圆鼓鼓的嘴唇。尤其是嘴唇，丰润鲜红，似秋天成熟的果实。

可是，一眨眼就不见了，恍如电影画面。鲁国中怅然若失，在邮政所附近徘徊至中午，人都散了，集也散了，他才回去。他怀疑，自己出现了幻觉。

新世纪初，鲁国中从厂里出来，自己做图书批发。生意不理想，又转到一家生产灯具的大型国有企业，做业务代理。

方丽娟的信息倒是没断过，她嫁了一名支边教师，跟丈夫定居在青海。她弟弟也跟了过去，在姐夫的学校承包食堂。两个儿子，一个刚刚考入大学，另一个还在读初中。她信了基督教，在固定的时间去教堂做礼拜……但找不到方丽娟的电话，听说她特意嘱咐过朋友，不得将自己的信息透露给鲁国中。

2015 年，鲁国中终于联系上方丽娟。两个人都在深圳，方丽娟在宝安她妹夫的公司帮忙，鲁国中在龙岗。微信聊了几天，方丽娟才同意见面。

鲁国中做了精心准备，刮了胡子，染了头发，还新买了一件 T 恤。见面的地点就在家里，那是鲁国中 2009 年买下的房子，当时深圳的房价刚刚开始上涨。屋里也有布置，桌子上摆着花——他在网上搜了好久，才决定摆上白玫瑰。墙上是刚刚网购回来的画——《睡莲》，上学时方丽娟说她喜欢莫奈。晚餐准备了菜心、排骨、多春鱼，还有老鸭汤——鲁国中实在想不起来方丽娟喜欢吃什么。他们那个年代，能吃上肉就不错了。当然还有红酒，产地是法国波尔多梅多克。

方丽娟在微信里说，还有五站路。鲁国中敛衽正襟，坐立不安。他站在窗户前，外面路灯跳亮，满眼都是正在盛开的木棉。今年木棉开得格外早，浓到看不清巷道。鲁国中又坐回去，端详方丽娟高考准考证上的一寸证件照——他们俩没办结婚证，因此也没有结婚照。照片上，方丽娟短发，脸上还有点儿婴儿肥，但双目圆睁、紧张兮兮的样子与她的年龄十分匹配。算下来，方丽娟应该四十六。鲁国中公司里有个阿姨正好也四十六，脸上皮肉松弛，手背上还有老年斑，不能细看。人都说，年轻时漂亮的女生老了更难看。鲁国中不信，他想象不出方丽娟老了的样子。

鲁国中打开电视机，调到电影频道。他盯着电视屏幕，强迫自己把注意力集中到电影上，不敢再想。

盼长金

潘长金弟兄俩，弟弟叫潘长银，爹娘的意思是盼儿子这一辈能长出金子银子，老师同学不解其意，都念成了长短的长。也可能正因为此，潘长金快三十岁了还穷得叮当响。

老婆是邻村的，小名凤妮，肩阔臀肥，立在那儿，像一颗桩钉下来，既能劳作，又有生育相。家里地少人多，潘长金又好打牌，凤妮生下女儿后就赶他出去寻生活，多少给家里挣点儿补贴。

过完年，潘长金跟着村里人来到深圳。那时候深圳的工厂多招女工，即使招男工也要求初中以上学历，潘长金只好到工地上当小工，一天八块钱。干了一个多月，潘长金去跟工头说，他也会绷线、垒角，想改做大工。工头不允，小工做得好好的，转眼就能成大工？潘长金只好转投另一个工地，终于当上大工，工资翻了一番。年终一下子领了一千多块钱，当晚没买到回去的车票，在工地上与人打麻将。天亮，一千多块钱还在，只是全进了别人的口袋，潘长金反倒欠了人家九十元。

隔一年夏秒，屋里传来喜讯，凤妮又生了儿子，让潘长金起名。潘长金搜肠刮肚，一夜未眠，终于想出个万全的名字——潘才。辗转找到回老家的老乡，捎口信解释说"才"通"财"，潘才潘财，两头都要占上。

　　潘才三岁那年，潘家果然开始长金长银。老板手里活儿太多，怕误了工期，将贴地板砖的活儿分给了潘长金。潘长金找了十几个熟练的老乡，一天五十元（时价三十），晚上还管老乡喝酒。天一亮就开工，挨黑收工，晚上就睡在毛坯房里，还省了房租。三个月不到，工程顺利完工，除去工人工资，潘长金竟然落了两万多块钱。从此告别打工生涯，专门找工地包活儿。一年下来，收入近二十万。除去打牌输掉一些，仍有十几万进项。

　　潘才在家里苗壮成长，十五岁时已膀大腰圆。手机比老师的还好，走到哪儿后面都有两个小跟班。秋季开学，死活再不愿踏进校门一步。凤妮打电话给潘长金，让他回来管教。潘长金年初包下的六栋楼的内粉工作正进入攻坚阶段，还有两个月必须交工，逾期罚款不说，坏了信誉以后谁还再敢跟你合作。没办法，只好趁夜开着新买的大众回家。到家已是第二天上午九点，车门一开，外面暑气逼人，空气黏湿。老家闷热，不像深圳，风一吹，气温就下来了。凤妮一见面就开始数落儿子的罪状，星期一给他的钱，星期二就花完了。问他花哪儿去了，他自己也说不上来；上学不走正路，兜兜转转专挑河边小道走；考试他不会，趁交卷时把同桌的试卷拿过来改成自己的名字；老师在上边上课，他耳朵里塞着耳机听歌……外面割稻子的收割机轰隆隆开过，吞没了凤妮后面的话。收割机远去，凤妮又要聒噪，潘长金不耐烦地挥挥手，多大的事儿啊。凤妮惊讶，还不大？一个学生娃，这还不算大事？潘才盼才，我怕你盼了一场空……潘长金又累又瞌睡，只想一头栽到床上，没好气地说，没有才不是还有财吗？正碰到潘才回屋，潘长金也不说话，上去一脚踢到他腿弯，高粱编的笤帚打到不见穗子才罢手。

睡到傍黑，潘长金起来发现脚上的皮鞋张了口，可能踢潘才时用了力。脱掉扔到垃圾堆里，换上一双旧布鞋。转脸督促发怔的凤妮，还不收拾东西？都跟我去深圳吧。凤妮眼红红的，潘长金在外也不容易，连双好鞋都不舍得买。潘长金装着不在意，哪有时间逛商店哦。又催潘才。凤妮停下来，问，不上学了？潘长金说，上个屁啊！看他这样子，再上也是白费功夫。让他掂泥包去吧，哪儿找不到口饭吃？

干了两天，潘才嚷着大腿酸疼，胳膊发麻。凤妮嘴上不说，晚上床头吹风，让潘才看工地吧。潘长金心里也已松动，反正工地上正需要人手。潘才成了工地上的监工，活儿轻松了，权力也有了——工人们都在他的监督之下工作。

两个月之后，老板跟潘长金结账，现金给工人发工资，剩下的钱用两套小公寓抵账。潘长金想想也不吃亏，深圳房价一万三千元左右，老板却按一万一千元折算。再说他们正好没有房子，可以留一套自己住。凤妮却坚决不同意，说谁住这里？将来你自己住？咱在这儿人生地不熟的，找不到活儿西北风都喝不到。潘长金喊了一声，哪儿没有西北风？只要活儿做得好，人家都是找上门。

2012 年春，还不到十八岁的潘才搞大了小姑娘的肚子，仓促结婚。第二年生下女儿，两年后又生了儿子。孩子都留在老家交给凤妮管，小两口仍在潘长金的公司混日子。

转眼就是 2017 年，凤妮一想到房子就后悔不已，当初非要现金，现在一家人还在租房住。深圳的房价像坐上了高铁不说，建筑公司虽然每年都有进项，但运营成本也不低，还要预留周转资金，再加上一大家人吃喝拉撒各项开支，余钱不多。潘长金牌打得越来越大，输赢上万眼都不眨一下。潘才虽不仿他爹，但花钱也如流水，出了门就称自己未婚（因为年龄不够，两人未办结婚证），女朋友换了一个又一个。潘长金换下的旧车给他用，一个月不到他竟拿来三千块钱油票。潘长金一气之下收回旧车，与潘才分家——两个小装修公司给他们，自己挣钱自己花，随他们折腾。儿媳妇倒踏实稳重，就是太懦，管不住自己老公。女儿大学毕业也来投奔潘长金，还带了个男朋友。潘长金让他们管财会，经营这一块仍不肯放手。毕竟，女儿是人家的人。

谁都指望不上，潘长金开始着手安排自己的退休生活。他在老家路边起了一幢楼，用了深圳一个别墅的图纸，计划建成方圆几十公里独一无二的住宅。三楼封顶那天，潘长金爬上楼顶，亲自指挥。一切就绪，楼上只剩下他自己。天色将暮，四周房屋和庄稼都暗下来。对面就是传说中西汉时期的点将台，幼年时，潘长金他们还能在那里捡到一两枚锈得看不清字样的铜钱。日蚀月销，点将台早变成一处略高于周围田地的小岗。小岗存不住水，不适宜种庄稼，随便插了白杨。如今白杨一人多高，遥若一排排英姿雄发的少年，风一吹，似向着潘长金偷笑。

橘子园

陈新华第一次收到朱莉的来信是 1988 年。他不认识她，但从信里可以看出，他们是初中上下届的同学，她在深圳的一家玩具厂打工。陈新华礼貌地回了信，以为这就是传说中的笔友。你来我往，通了十几封信，朱莉还附了几张照片。陈新华的心被勾起来，跟同桌黄真商量，反正考大学希望渺茫，干脆一起去深圳。

下了火车，又走了大半天，才到葵涌镇。玩具厂不大，很快见到朱莉。也许因为折腾了一天，陈新华对深圳的激动都被劳顿抵消，对朱莉也颇失望——她个子不高，脸也没照片中的白，穿着一件大一号的工装，看不出身材。朱莉可能没看出来，也可能装着没看出来，热情地带他们去吃饭，找住的地方。

玩具厂不招人，旁边的纸箱厂要介绍费，朱莉借了二百块钱让陈新华去送礼，陈新华不好意思丢下黄真，两个人只好转到坪山碰运气。好不容易进了一家单车厂，做搬运工，一小时五毛钱。诸事安定，黄真让陈新华抽空去葵涌找朱莉，陈新华说不喜欢她。黄真诧异，为什么？

她，陈新华不知道该怎么说，她骗我。

她骗你什么？

陈新华踢开脚下的健力宝罐，照片都是假的。

黄真醒悟，问，朱莉寄给你的照片都是她不？

是啊。

这不就得了。这是经济特区，人穿得好，风景也好，照相的技术又高，出来的照片跟真人难免有差距。

两个人正闲扯，朱莉找过来。黄真嘴甜，我们正商量怎么去你那儿呢。朱莉说，我们村有人在这一带开摩的，正好捎我过来。

朱莉送给陈新华一个毛绒玩具狗，说是他们厂的新产品，一拍，就会叫。过了两天，陈新华才发现玩具狗的不寻常——两只狗眼睛里都有陈新华的名字。他们研究了半天，闹不明白那三个汉字到底是怎么弄进去的。

不久，单车厂失踪了一个女孩。有人说看见她坐一辆摩的走了，也有人说她是被一个男人拖走的……陈新华有点儿紧张，捎信跟朱莉说，千万不能再坐摩的。

如此大半年，两人同时被单车厂炒掉。他们那个年龄，自尊心正强，一说要赶他们走，连理由都不想问。衣服还没收拾好，就有人在门口等着占他们的位置。后来才明白，那时候的工厂都这样，隔不多久就会炒掉一部分人，一是让员工有危机意识，二也有利益输送。

转了几个厂，不是要高中毕业证就是不招男工。挨到黄昏，街灯次第跳亮，黄真在草林里找了张席片，想到山上将就一夜——山下怕查暂住证。正朝上爬，听到上面有人吼，"你何时跟我走，何时跟我走"，下面马上有人应和，"我想大约会是在冬季"。到了山顶，满眼都是人，或坐或躺，像小时候躲地震。陈新华松了一口气，拣个空地摊好席。邻居也是河南人，再远一点，还有湖南、四川的。

旬余，仍没找到工作，积蓄将罄，黄真让陈新华去找朱莉求援。走不多远，见一半山腰有橘子园，近前摘了几个橘子填肚子。未几，两个看园人提着棍棒巡视过来。陈新华他们趴在草丛中，待人家走远，才敢现身。他们决定在橘子园栖身，看园的是河南老乡，真被抓到，也不至于送他们去派出所。早晚还有橘子吃，能省下两顿饭。如是一周。某日深夜，黄真听到山下有人喊救命，摇醒陈新华，飞奔下去。

山下早混战起来。黄真手里有棍，一跃冲进人群。陈新华返回去拿了把铁锨，刚要冲上去，被黄真拦下。对方有人被打坏了，快跑！

不敢朝山顶上跑，怕被人家围住，尽拣半山腰的小道狂奔。隐约听到哭声，还有警车鸣笛，陈新华知道不好，神情愈加紧张，鞋也跑掉了，身上被树枝蹭得到处是血。天亮时已到龙岗，陈新华一屁股坐在地上，脚底板上扎满了刺。

找到第二份工作之前，两个人在外流浪了四十五天。模具厂每天工资五块五毛，扣除房费、饭费，只剩下五十多块钱。拿到钱，陈新华躲到暗处大哭了一场。星期天，他买了盒化妆品去葵涌。朱莉从厂里出来，离老远见一男人，颊颐凹陷，缩着胸，像是连身上的旧外套都撑不起来。黯然半晌，鼻子一酸，扑进他怀里。

陈新华问她喜欢他什么，朱莉握住他的手说，你还记得不，有次我去厕所，你看到有个男生站在外面解手，上去踢了他一脚："你就是狗，看到有人也得避避啊！"陈新华想不起来，我有那么坏？朱莉手紧了一下，不是坏，那时候我就觉得这样的男人错不了……

坚持了半年，模具厂的台湾老板看他有文化，调他去当仓管。逾数月，陈新华辞了工作，开始学着台湾老板给其他工厂提供化工原料。

朱莉开过录像带租赁店，继而改卖传呼机，后又改租碟片，生意兴隆。陈新华嫌赚得太少，又耗人，将店转租出去，让朱莉做全职太太。他们和黄真在龙城同一个小区买了房。两家人不时小聚一下，从布吉到坪山，吃遍了惠深路（后改为龙岗大道）两边的餐馆。黄真看他闲，邀他加盟鹏程印务——好歹是个实体，倒买倒卖都得靠别人，终究不可靠。咱兄弟俩联手，有什么搞不定？回去跟朱莉商量，反正化工生意越来越难，大陆产品取代了台湾产品，原料便宜了，利润空间也小了，只剩下几个客户，索性全交给朱莉打理，自己出来试试。

一日晚归，陈新华买了玫瑰回去。朱莉想不起来什么日子，问，你干了什么坏事？

陈新华喊了一声，我能干什么坏事？

不年不月的，买什么花？

奖励你跟了我二十多年。陈新华叹了口气，黄真又离了。

为什么？

你怎么这么多为什么？家务事，说不清。

这是他第四个吧？

第三个——第二个只是同居，没领证。

黄真怎么样？

能怎么样？就是后悔阿里巴巴上的业务没来得及找人跟进，都被那个女人带走了。

带走就带走呗，夫妻一场，还计较这个？

说得轻巧，每月一二十万的单子呢。黄真本来已经给了她八十万，一辆车。

不多，女孩子的青春不是钱能衡量的。朱莉摆出饭菜，我算是摸透了你，你是怕我分你的钱才不敢胡来不敢离婚。守财奴！

那是！陈新华笑，我累死累活才挣了千把万，再分给你一半，想得美！

小气，朱莉也笑。

陈新华坐在餐桌旁，开始吃饭。偶一抬头，看到远处高楼里灯光星星点点，像浮在半空中，忽又想到橘子园那段时光。一晃，已经二十六年。

良家妇女

周末，王秋月在厂门口等公交车，看到一个穿着厂服的长发女孩，上去搭讪。

你哪里人啊？

河南。

做什么？

缝纫工。你呢？

裁断工。

工资多少？

一百八。你呢？

二百。

加班多不？

不多。

…………

新元鞋厂差不多有三万人，大家见了面都这样，哪里人，做什么，工资多少，很少问名字。因为黄国美的普通话有一种熟悉的乡音，王秋月便多问了一句，河南哪儿的？黄国美说确山。王秋月笑，说我是你邻居，正阳的。王秋月出来早一年，这也是她比她多二十块钱的原因。

王秋月说她 1987 年进厂时，一个月挣一百六十块钱。那时候新元刚建厂，门口没有公交车，电视机只能收两个台，跟野地一样。对面还有一个咖啡厂——我没喝过咖啡，可只要一走出去，咖啡的味道就往鼻子里钻……黄国美打断她，你多大？王秋月说，我七二年的。哪个月？黄国美又问。十二月，王秋月说，十二月初四，天寒地冻的。黄国美追问，阴历？王秋月点头，阴历。

因为同年同月同日生，两个人旋即成为朋友。

逾二年，黄国美想跳槽到宝安，说那边有个模具厂，工资能拿到二百六。王秋月跟她一起辞了工，由她的一个同事带着，去宝安。路上晕车，王秋月双手紧紧抓着栏杆，低着头，两眼紧闭。好不容易到了站，还难受，胃里老有东西想向上翻。怕影响黄国美，王秋月硬撑着。没想到上当受骗了，那个同事把她们带到了按摩院。黄国美转身就跑，剩下王秋月，浑身无力，浑浑噩噩地被困在那里。

一开始受不了，王秋月刚刚十九岁，还是个处女，捏疼了她就哭。稍后，能忍了。没有客人的时候，她思来想去，觉得这都是命，怪父亲除夕夜跟母亲吵架，冲撞了鬼神，要不，人家黄国美跟她同年同月同日生，怎么就跑脱了？好在王秋月资质好，老鸨觉得在按摩院浪费了，将她转送到一个假日酒店的俱乐部。

最初只做迎宾，人家也不勉强。王秋月和另外十五个女孩穿着亮闪闪的金色细吊带晚礼服，分两排站在门口。有客人来，就鞠九十度的躬，齐唱欢迎光临。酒店房顶的射灯发出红蓝绿光，画着大大的弧线扫过夜空，甚是抢眼。迎宾女孩换了一茬又一茬，有的被拉下水，有的离开了。王秋月不用谁拉，反正破也破了，一次跟一百次有啥区别？又不是面，掀一瓢就少了。

第一次进房间，王秋月大开眼界。她被一个瘦子选中，学着其他姐妹的样子贴着他坐下。请客的老板从包里抓出一把钱，站着的服务生每人一百，坐着的二百。唱罢喝好，瘦子带她出去开房……第二天回去一算，小费就拿了一千元，抵她在新元厂半年的工资。

六年，很少见天日——白天睡觉，晚上灯红酒绿。渐渐有点儿人老珠黄，客人明显少了。她决定跳出这个行当，金盆洗手。还专门逛了一下午内衣店，新买了好几个贴身的胸罩——之前为了吸引客人的眼球，选的胸罩都带着厚厚的海绵。妆也不化，素面朝天，跑到深圳的另一边，坑梓。一家公司看她仪态端正，想让她做接待。王秋月想了半晌，良家妇女不能抛头露面，还是进了厂。第一个月的工资条她一直保存着，三百四十二元。基本工资三百元，加班费二十二元（十一个小时），膳食津贴十元，工种津贴十元，水电津贴十元，车费津贴六元，扣电费十元，扣医疗费六元。钱不多，之前她甚至一天挣的就比这个多，但这是她人生的新起点。

王秋月不在乎钱多少，主要是厂里与她相当的男人多。她的目标是外地人，外省的更好。结了婚，回老公的老家，开个小店，无声无息地过完余生。

靳长虹是自己主动贴上来的。他是厂里的客服，比王秋月大三岁。十年前在工厂冲压胶合板时，切掉了两个手指头。找人试探王秋月，问她想找什么样的男朋友。王秋月会意，说没什么条件，聊得来就行。

靳长虹是真喜欢她，王秋月慈眉善目、落落大方，一看就像见过大世面的人。两个人互相珍惜——靳长虹是因为自己的残疾，很少有女人正眼看他；王秋月则因为自己的过往。第一次上床，王秋月忍着，连呻吟都不敢有，生怕自己忘了形。完事后，靳长虹看到床单上的血污，搂着王秋月半晌不语。王秋月也不解释，那一天正好是她月事的最后一天——她们以前经常这样糊弄男人。

婚礼是在靳长虹湖南的老家办的。说是礼，其实也就是一顿宴席。王秋月买了水仙牌洗衣机、康佳 28 英寸彩电、VCD，说是娘家的陪嫁。

倏而怀孕，第二年生下女儿向兰，隔两年又生下双胞胎兄弟向阳、向天。人生中的每一次重大转变，王秋月都会想起那个与她同年同月同日生的女孩，她有男朋友了吗，结婚了吗，老公是老家的吗，有没有孩子，几个，还在不在深圳……有一次她去龙岗，顺便拐到新元鞋厂。鞋厂早没了，代替它的是一个居民小区。旁边开超市的说，都搬走了，搬到东莞了。后来回正阳路过确山，王秋月又想起她，但实在想不起来她是哪个乡的了。想起来又怎样？去找她叙旧？让她勾起自己那段不能示人的经历？

向兰在深圳上的幼儿园，小学时才转回老家。她说普通话，唱歌跳舞样样都行，是村小学的明星。但功课一年比一年差，六年级升七年级时，两门功课只考了三十几分。王秋月气极，劈手打了她几下。靳长虹护小孩，尤其护女儿。他把向兰拉到怀里，揉揉头发，抹掉脸上的泪。好了不哭了，大不了来深圳打工，我们打了一辈子工，不也过得好好的。王秋月回想起自己的打工经历，火气更大。靳长虹，有你这样当爹的吗？你天天加班加点每天干十几个小时一个月才挣三千块钱也叫好？看看人家写字楼里的那些白领，出门就叫出租车，风刮不着太阳晒不着，那才叫好！不好好读书，打工能挣几个钱，难道去当……

说到这儿，王秋月倏然住口……

听烟花

出来打工的人，很少有黄国美这样在一个工厂干二十多年没跳槽的。开始来的时候，她做过缝纫工，也做过组装工，都是流水线上最低端的工作。后来又做过裁断工，把一大张网眼料子裁成一片片弯曲的不规则图形，就像孩子玩的拼图。也做过鞋底工、质检，除了研发，黄国美几乎做完了鞋子生产的所有工序。

也不是没想过跳槽。来龙岗第三年，有个同事说宝安有家模具厂招人，一个月可以拿到二百六十元。黄国美心动了，她早受够了厂里的保安，每次出厂都故意在她身上摸摸捏捏——厂里经常有人偷鞋材出去，上边让保安严防。有一次一个保安还把手伸进她的底裤，说有异常。黄国美脸涨得通红，说是卫生纸。

同事不知道路，赶到宝安天已经黑了，几个人只好在高架桥下过了一夜。第二天找到表哥，她们被带到一家发廊。上了二楼，两个穿透明睡服的女人正坐在按摩床上等人。黄国美一看这场景，觳觫不已。一个满身横肉的男人催她们先去冲个凉，黄国美不肯，转身就跑，箱子都不要了（钱和身份证都在里边）。后边脚步声紧追不舍，黄国美也不敢停下看。拐过几道巷子，冲进一个院子，见有个废弃的鸡笼，一头钻了进去。困了一夜，第二天出来，胳膊上腿上都是蚊子叮的包。跪在大街上要钱，没人给。又找不到那个发廊，警察也没办法，给了她二十块钱，让她回去。

一块儿去的几个女孩都失去了联系，黄国美从此收了心，重新回到新元鞋厂。

翌年，有个叫徐小虎的保安追她。黄国美心下欢喜，厂子里男孩少女孩多，有人喜欢她说明她还算漂亮。再说了，徐小虎又是保安，这个身份会给她很多安全感。

七八月份是鞋厂的淡季，老乡李春芝回厂邀请过去的姐妹去参加完美日用品推介会，说到场就会有礼品赠送。黄国美也去了，身边还黏着徐小虎。听了李春芝的鼓动，徐小虎热血沸腾。黄国美笑，梦想？你还是十八岁的小孩？都二十八岁了还不安分，也不怕人家笑。徐小虎像一只被刺破的皮球，泄了气。回去时在厂外黑暗的树影里，他上下抚摸黄国美。黄国美由着他，但始终不让他更进一步。这种人不可靠，黄国美不敢托付终身。品性也不好，老听到有女孩说他流氓，经常趁出厂检查时占女孩便宜。

年余，徐小虎果然移情恋上厂里的另一个女孩。黄国美并不意外，庆幸自己守住了最后一道防线。徐小虎太帅，她守不住他。有人介绍了一个同县老乡给她，樊胜利，在对面纸箱厂上班。

妹妹黄国莲要来深圳打工，黄国美电话里劝她再读两年书，你才十五岁，出来能做啥？你看人家李春芝，不就多念了几年书吗，比我还晚出来一年，一上来就做文员，工资高不说，工作还轻闲……还向黄国莲许诺，别担心钱，以后每个月我给家里寄二百块钱，一半供你读书，一半家用。

黄国莲中专毕业头一年，黄国美结婚。婚后，樊胜利来鞋厂当了保安。他们生了两个孩子，一儿一女，都留在老家，婆婆带。女儿生下来三个月就断了奶，黄国美怕休假太长会影响自己的升职——那是黄国美唯一的理想，当上生产组长，夫妻可以享受厂里免费提供的家庭住房一间，还可以带一个孩子在厂办学校上学。

黄国莲来龙岗的第二年，新元鞋厂搬迁到东莞厚街，黄国美也如愿以偿升了职。黄国莲没有跟过去，她不愿还待在鞋厂，没前途。一个打工的，要什么前途？黄国美不理解妹妹，她满嘴都是人生、规划之类又虚又空的东西，离黄国美的生活太远。有次妹妹和朋友在聊股市和基金，说到中央政策对中国经济的影响，黄国美问，现在的毛主席是谁啊？妹妹和朋友怔了一下，大笑起来。黄国美不以为然，她一个老百姓，为什么要知道那么多？

厂里有不少临时夫妻，有的甚至公开同居。樊胜利信息广，经常回去说谁谁谁跟谁谁谁好了，谁谁谁的真老公来和临时老公打架了……黄国美有时候会审樊胜利，是不是特眼气那些野鸳鸯？趁出厂检查摸过多少女孩？樊胜利死不承认，现在有摄像头了，谁敢乱来？黄国美不信，手在衣服底下横行，谁知道？

徐小虎来厚街找过黄国美。也是巧，那天正好黄国美半路上听到一个女孩在骂樊胜利，说那个混账左撇子保安，哪天我把胸罩外面插上针，扎烂他的爪子……

黄国美赌气陪徐小虎在外面吃了顿饭，还收下了他给她买的黑色胸罩。回厂的路上，他将她带到一个废弃的汽车驾驶舱里——她怀疑他早踩好了点。那次，她没有一点儿感觉，除了恐惧与屈辱。

那是黄国美唯一的一次出轨，有报复的成分——她亲眼见到老公向一个女工暗送秋波。男人都不是好东西。

妹妹黄国莲找了个男朋友，相貌寻常。黄国美问，你是大专生吧？妹妹是中专生，妹夫怎么着也得大专吧。人家乜斜她一眼，何止大专。黄国美后来就跟老乡说，妹妹的男朋友是何止大专。黄国莲听到，笑一阵，纠正她，是大学毕业，本科。两个人到底没成——成了才怪呢，妹妹不专心，经常背着人家跟其他男人约会——她后来嫁给了一个潮汕人，很有钱。

2016年春节，黄国美一家齐聚东莞。他们带着一双儿女去深圳玩了几天，博物馆、大梅沙、深圳大学，世界之窗和欢乐谷黄国美没舍得进去，省下两张门票。除夕夜，黄国美学黄国莲，买回一瓶红酒。没有高脚杯，黄国美找来四个一次性纸杯，斟满酒，与家人一一碰杯。这将是他们在深圳度过的最后一个春节，第二年儿子考高中，黄国美计划辞工回去陪读。儿子必须得有文化，不能再像她这样打一辈子工。

夜幕降临，外面烟花不断，女儿喊他们出来看。职工宿舍楼只有四层，被对面的高楼堵住了视线，一家四口挤在逼仄的阳台上，只能看到头顶的天空一闪一亮。黄国美侧耳听了一阵，很快兴味索然。

年龄

年轻的时候，谁都相信李春芝身份证上的年龄——她说话沉稳，做事让人放心。采集身份证信息时，李春芝本来十五岁，父母想让她初中毕业就出去做工，虚报了五岁。不承想，李春芝竟然考上了高中。又读了两年，自知考不上大学，才跟了邻居黄国美去深圳。

黄国美把她带进了龙岗的一家鞋厂，一个月二百二十元。车间的墙上刷着红漆标语：今天我以工厂为荣，明天工厂以为我傲；铸造辉煌，唯有品质……李春芝做缝纫工，把布片缝起来做鞋面，然后在适当的位置装上塑料的徽标和鞋带眼。这种流水线工作与她之前的想象不同，她以为打工就是很多人一起干活，聊着天，很有意思。车间墙上的厂规却严令不准说话，违者罚款五元。上厕所也有时限和次数要求。未几，黄国美要跳槽，说有个厂工资更高，能多拿三十元。李春芝也想走，缝纫工是整个流水线上压力最大的——上游的给她加码，下游的催她再快一些。但她没干够两个月，怕要不到工资，只得再坚持一段时间。碰上厂长来检查，见李春芝做事有条不紊，案面上又干净，想让她做质检。一问，还高中毕业，正好有个文员生孩子，干脆把李春芝调到办公室，工资一下子涨到二百八十元。

李春芝预计跳出流水线至少需要两年，没想到不到半年就完成了。她工作热情更加高涨，笔记本上记满了励志格言：我可以平凡，但不可平庸；命运总是光临那些有准备的人；不是每一次努力都有收获，但是，每一次收获都必须努力……还买了手表，把自己的时间算计得很细，又报了函授文秘班，偷偷学习白话。

逾二年，李春芝又跳槽到一家手袋厂，做总务。因为会白话，工资从三百元一下子蹿到一千元。工余又报了英语口语班，决心两年内能与老外熟练对话。老师传授经验，说学好英语的诀窍就是不要脸，敢说。人生也是一样，得有不要脸的精神。李春芝受到鼓励，给厂里自己早已心仪的人写信，被拒——厂里的漂亮女孩太多，曹学钢看不上她。

春杪夏初的一个周日，曹学钢为替大学同学凑人头，冒雨站在女工宿舍楼下，邀请李春芝去听一个讲座。有喜欢的男生做伴，李春芝欣然赴约。主讲人极具煽动性，我们背井离乡出来打工是为了什么？赚钱。我们有没有赚到我们想赚的钱？没有。这样的生活是我们想过的生活吗？不是。既然不是，为什么不出来拼一把呢？

那是完美日用品在龙岗的第一场推介会。曹学钢觉得与会的人像一群傻子，李春芝却跃跃欲试，很快投入完美日用品的销售中。辞职之前，李春芝被手袋厂提拔为总务部门的头儿，跻身中层领导行列，吃小灶，四菜一汤，住四个人的小房间。但她没有斗争太久，毅然辞了工作，全身心投入完美日用品的销售中。口语班老师不明白班里最有劲头儿的学员为什么突然放弃了学习，李春芝电话里解释，完美是我人生的一个重要机遇，如果今天不做，明天就晚了。

第一次培训会，李春芝花了一万块钱租用会议室和培训器材。她手持话筒站在主席台上——站姿和仪态头天晚上练了好久——问那些犹疑不定的人，为什么我们一直平凡？我们是不是有过梦想，但总是错过了一个又一个机会？零星有人怯怯答"是"。李春芝不满，直到会场所有人齐声大喊"是"，她才继续说，这就是选择问题，就好像我们的父辈选择了种田，所以忙到头发白了还是缺油少盐。我们还想重复他们的路吗？李春芝让他们反复回答，不想！不想！不想……几个月内，她迅速成为一万人的上线，一个月净收入四万块——20世纪末，这个数目即使在深圳也不算小。

完美公司将她的周薪工资单放大塑封，激励新人。李春芝给家里寄了三万块钱回去，翻修房子，买家居用品。镇长也听说了她的成功，打电话给她，说是镇里建了工业园，有很多优惠，请她回去投资。

曹学钢主动示爱，想与李春芝携手共进。团队迅速壮大，李春芝觉得自己也成了创造深圳神话的人。第二年四月，政府发布通知，禁止任何形式的传销经营活动。

短暂的失落之后，李春芝摇身一变，成了一家带"国"字头行业报纸的记者。找到新闻线索，一边采访一边威胁当事企业，直至其答应在报纸上做广告。未做满三年，李春芝心虚，辞职与曹学钢合开了一家建材批发公司。

三十岁这年冬天，李春芝跟曹学钢回老家过年，顺便办结婚证。曹学钢发现李春芝身份证上的出生年份是 1966 年，骂她骗子，他怎么可能跟一个比自己大五岁的女人结婚？铁证如山，李春芝急红了脸，说我弟弟 1973 年出生，小妹 1975 年，最小的弟弟 1978 年，我怎么可能是 1966？

家里正好在办二代身份证，李春芝赶回去，辗转托人，改回自己的年龄。年后回深圳，到瑞典一涂料公司应聘。一屋人只剩下三个，李春芝和两个男生。人事经理看看她说，你不合适，可以走了。李春芝没动，心想，你一句话没问怎么知道我不合适？人事经理转身问两个男生中的一个，说说你最骄傲的事。男生很紧张，说他刚刚大学毕业，还没工作，没什么骄傲的事。李春芝一旁轻声提醒，考上大学不值得骄傲？经理听到她说话，又看了看她。两个男生都被淘汰了，经理问她，那两个男生都是你的竞争对手，为什么你还帮他们？李春芝说，我不觉得是对手啊，如果他们被选上，我们可能就是同事——同事难道不该互相帮助？经理笑了，她对李春芝很满意。

李春芝初进公司，就被一台湾客户猛追。她身心俱疲，无心享受恋爱，旋即结婚成家。

2015年秋，李春芝去东莞谈业务。她问厂长，你们鞋厂先前是不是在深圳龙岗？厂长说是，搬到东莞十多年了。李春芝说她第一份工作就是在这个厂，缝纫工。她的邻居黄国美当年跳槽没走成，又回到这里，后来生了两个孩子，一儿一女。因为是个小领导，夫妻俩还免费同住在厂里，带一个孩子上学。这些信息都是从老家反馈过来的，她们差不多二十年没见过面了。厂长让人下去查，果然，黄国美在做仓管。李春芝打通她的电话，那边的声音如老妪般嘶哑。老板说，长年在机器的轰鸣声中扯着嗓子说话，都这样。

李春芝坐在办公室等黄国美。一个穿牛仔裤的女孩推门进来，李春芝癔症一下，又回过神来，她是她们二十多年前刚来深圳时的年龄。她努力想象四十四岁的黄国美应该什么样，胖了吗？脸上皱纹多吗……索性不想了，从包里取出化妆镜补妆。

我不是我

代秀妮不是她的真名，这个名字她用了十三年，直到办二代身份证。她是家中老大，父母无力供养三个孩子上学。张贺小，张庆近视，出来找工作难，她骗父母说不想上了，想出去打工。父亲像是早做好了准备，从枕头底下拿出一张捡来的身份证——她那时还未满十八岁。

张丽是跟邻居来深圳的，坐了一夜的火车。坪山那时候还是个镇，有山有水，对于出生于中原的她来说，像个风景区。玩具涂料厂靠着坪山河，河水哗哗地日夜流着，晚上睡觉的时候吵人。没有公交车，厂门口时刻聚集有载客摩托车，空气里因此充满了热气和摩托车的尾气。下午下班后的短暂时光里，张丽喜欢趴在宿舍三楼的栏杆上，看漫天的彩云。北京要开亚运会，厂里扣了每个人十块钱，说是购买亚运会彩票，为亚运会捐款。电视机只能收两个台，不加班的晚上，她去看过女排比赛。

这一份工作她干了九个月，受不了涂料的气味，趁着年底放假，回了老家。攒了六百二十块钱的工资，除掉彩票钱和平时的借支，还剩五百。她给父母各买了件羽绒袄，给弟弟张贺、张庆分别买了块电子表，还有一些过年的小东西，两个大网兜塞得满满的。

家里种菜，张丽想留下来好好干，争取多赶远集，菜卖上好价钱。自家的菜卖完了，还可以收村里没劳力的菜卖。在家千日好，出门万事难。可父母不留她，过了年就帮她收拾行李。走的那天，杨柳刚泛绿，风还扎人脸，张丽眼睛湿着。母亲看出来了，说，丽啊，张贺、张庆记着你哩。

张丽跟人进了一家鞋材厂，工资计件。她不放过每一个加班的机会，是厂里工资最高的女工之一，一个月能拿到一百八十元。加班长了瞌睡多，手上的动作便会迟缓。她怕被机器轧到，强迫自己站着工作。要好的姐妹骂她要钱不要命，她说家里买化肥的钱还没着落，母亲的头疼病也越来越厉害，弟弟还在街上的初中住校，用钱的地方太多。

十九岁与村小学的冯老师定亲。她跟冯老师说，定亲是定亲，这两年我得供张庆上学。冯老师说不急，还夸她顾家。他闲着没事，老给张丽写信，张丽你好……张丽纠正他，信封上要写代秀妮，厂里不知道张丽是谁。未几，清理民办教师，冯老师下岗。冯老师干不了农活，也跑来鞋材厂，做保安。

熬到张庆考上大学，张丽说还得再等两年，张贺只顾他自己的小家庭了，张庆的生活费怎么办？冯老师说，婚后我们俩一起供他。张丽不放心，身边的例子多了，结了婚女人做不了主。

翌年，张丽听人说看到冯老师跟一个女孩在马路上手拉手，气冲冲跑过去。冯老师也不隐瞒，说女孩是四川人，他们计划年底结婚。他今年二十七岁，等不及了。

张庆大学毕业那年，来深圳看姐姐。他们在厂门口小餐馆吃饭，出来进去的多是比张庆还小的女孩，见到张丽，一边叽叽喳喳地叫着秀妮姐，一边暧昧地看张庆。张丽骄傲地介绍，我弟弟，今年大学毕业。服务员拿来菜单，张丽扫一眼，推给张庆。张庆看了看，说来份炖菜，再来个田鸡。张丽小声问，半只吧，一个能吃得了？张庆怔了一下，知道姐姐很少出来吃饭，强笑道，不是鸡，是我们老家的青蛙。

张庆应聘到上海某中学教书，张丽随即辞工回家。她已经二十八岁，城市人叫大龄剩女，农村这个年龄未结婚的更是少见。三个月，见了十多个男人，都是离婚或老婆死了。最中意的一个是镇上的教师，姜金华，三十四岁，儿子十岁。思虑再三，最终放弃——她还没有做好给人当后妈的思想准备。

倏而年关，张丽经人介绍进城当了保姆，做饭洗衣服，偶尔接送孩子上学。除去吃住，每月二百元。张丽并不嫌弃，时或相一次亲。

逾二年，张庆老婆魏红玉坐月子，母亲过去照护。两个月后回来，换成张丽——魏红玉嫌老人不讲卫生，说话粗声大气。

适逢上海申办世博会成功，到处都是"better city，better life"的标语。张庆的生活也跟着 better——头一年刚按揭买下的房子拆迁，补偿了三套房子，外加十万元安家费。签协议那天，魏红玉没让张丽做饭，一家人去酒店吃了顿大餐。张庆喝了瓶啤酒，说姐为我们家出了大力，供我上学不说，又来带我们家孩子……魏红玉不等他说完，抢下啤酒杯，喝多了，也不怕姐笑话。张丽一旁默然半晌，接不上话。

　　又一晚，一家人围坐在客厅看电视上的真人秀。十多年前一场火灾，哥哥冲进火海去救弟弟，被掉下来的横梁砸断胳膊。没钱救治，错过最佳接骨时间，造成终生残疾。现在哥哥又患尿毒症，发了财的弟弟既拒绝帮他治疗，又不愿捐出一个肾……张庆唏嘘不已，为那个哥哥。魏红玉换了频道，说这叫道德绑架，为什么弟弟非得出钱捐肾？哥哥救弟弟，是他自己的选择，是为了父母……张丽知道魏红玉在旁敲侧击，装着听不明白，敷衍过去。俄而钻进卫生间，洗洗脸，定定神，方才出来。

　　挨到夏杪秋初，张丽跟魏红玉辞行。宝宝该上幼儿园了，我再在这儿也帮不上忙，正好回去秋收。魏红玉假意留了一番，说也好，姐年龄不小了，回去还得找个体己人结婚。张庆始终愀然不语。

　　张丽回去就央二舅去探姜金华有没有再婚。母亲惴惴地提醒，后妈可不好当。张丽说，算起来，那孩子快上高中了，又不常在家。母亲又问，你不嫌他矮？张丽脖子一硬，跟谁过不是一辈子？两个人没办婚礼，只请双方父母一起吃了顿饭。张庆寄了一万块钱贺礼，张丽想寄回去，又怕魏红玉知晓，两个人生气，只好替他先存起来。

姜金华调进县城高中第六年，夫妻俩买了套新房子。搬家的时候，十一岁的儿子从鞋盒里翻出一沓卡片，饭卡、出入证、边防证、工牌，还有一张一代身份证，名字都是代秀妮。儿子说，名字好土，谁啊？姜金华在一旁解释，你妈出去打工的时候不到十八岁，借代秀妮的身份证。还开玩笑，说那时候她还不是你妈。张丽嗯了一声，那时候的我还不是我。想想不对，又喃喃自语，现在的我也不是我。

1990 年代

水

江岸觉得，自己一生的走向，注定绕不开小时候的那场大水。那时候，他还不到五岁，还叫江波。他坐在门槛里，怀里抱着铁环。屋里太小，又到处都是接雨水的盆碗，铁环滚不起来。雨一连下了好几天，瓢泼似的。江岸后来查过史料，瓢泼也不贴切，应该是盆泼——洗脸盆伸出去再收回来，就能接满一盆水。

那是1975年8月，驻马店特大洪水差点儿把江岸一家人冲走。父母从此忌讳所有与水有关的东西，包括三点水的波字。当然，江这个姓他们改不了，祖宗传下来的。

江岸弟兄四个，三个哥哥无不顽劣，一个个被老师赶离学校。轮到江岸，也不例外。考试前他从油印室门口的垃圾里翻捡出印废的试卷，嚷得全校无人不知。十二岁回家放牛，二哥江南刚刚结婚，家里没他住的地方，只好借住在村东头二嫂娘家的牛屋里。端午节前夜，碰上二嫂娘家炸油条，问他们家有没有炸，江岸咽下口水，答正在炸。人家让与他吃，被坚辞。江南听说后，说我这个幺弟就是敏感，像个女孩子。

又五年，江岸跟着人家到郑州建筑工地当小工。一间小屋挤了十几个工人，半夜起来解手，听到有人磨牙，有人放屁，有人说梦话，恍然处在另一个世界，再也无法入睡。刚要眯眼睡下，就有人喊他出来卸水泥。干了两天，扛不住，想当逃兵，被人百般劝阻。熬到21岁，因为新房遥遥无期，未婚妻退了彩礼。江岸一气之下跑到深圳，投靠江南。江南带了同村的四个人，加上二嫂一共六个人，给人家的房屋做简单的防水防潮工作。最大的工程是一座七层小楼，两千多平方米。不过他们干活认真细致，做过的房屋没有一例被客户投诉。没活干的时候，江岸也学江南，夹着包四处找业务，碰运气。有时候下班晚了，路边歌舞厅、发廊门口穿着暴露的女孩向他招手："靓仔，来玩啊。"江岸听说她们很开放，拿了钱怎么玩都行，但他脸皮薄，没有勇气近前。逾二年，江岸已能独当一面，他劝二哥注册一个公司——草台班子没有可信度。公司取名天衣防水，江南做总经理，江岸名义上是副总，实际上仍是业务员，拿固定工资，比一般业务员高三百元。江岸提出所有能弄来业务的员工都可以拿提成，二嫂反对，说江岸存了私心，员工比老板拿的多，讲出去不让人家笑死。

三峡工程二期工程启动，江岸带着二嫂的表侄女去跑业务。陈彩云刚刚初中毕业，想来天衣公司试试深浅。江南看她不笨，让江岸带着四处跑业务。行至中途，陈彩云靠窗睡着了。二嫂管财务，出差不允许买卧铺——卧铺都是给公家人的，反正他们自己也不掏钱。江岸以前没太关注过陈彩云，一是年龄悬殊，二又隔了辈分。这时细看，小姑娘两腮胭红，让人不禁赞叹年轻的好。小手搭在腿上，白净细嫩，肉乎乎的。发型略略显土，是齐耳的短发，但葳蕤茂盛，生机勃勃。

江岸回深圳带了三个发电站的防水工程合同，预算高达一百万。二嫂破费在一家小饭馆给他们接风，江岸和二哥喝白酒，二嫂她们喝饮料。酒至半酣，江岸让服务员上红酒，非要攀陈彩云喝一杯庆功酒。

第二天上班，江岸脑子里还是陈彩云看人时黑黝黝的眼睛，那么无辜，那么天真，想一想都能把人融化。二嫂却一下子把他推到几里外，咋能乱了辈分？

香港回归第二年，天衣公司因为业务需要，迁至武汉。江岸觉得深圳机会也不少，留下创立悍天防水有限公司。赶上国家放开外资，很快从一家中外合资企业手中获得一份十万平方米的防水工程合同。江岸自己吃不下，想拉二哥回来帮忙，二嫂不允，江岸只好回老家招募新人。

工程结束，江岸没有拿到现金，但抵债的八辆小汽车和二十多辆摩托车还是让他笑开了花儿。

三十三岁那年，江岸与李海燕结婚，是他们村年龄最大的新郎官。翌年，李海燕怀孕，想在深圳买套房子。四处看房的那两个月，房价不断攀升。江岸受到刺激，觉得房子的利润比做防水大。他把家里的钱全取了出来，作为投资，按揭买下三套房。

儿子长到四岁，江岸在李海燕拿回来的旧报纸上偶然看到宜万铁路防水工程启动的消息，吃了一惊，铁路也要防水？打电话给江南，江南也只知道房屋防水，根本没想到铁路也要防水。江岸建议他去试试，被拒绝，那样的工程，要求技术太高，我们土老帽做不了。江岸放不下心，第二天坐上火车，直奔宜万铁路宜昌项目部。对方也正急着找防水的专业人士，江岸的上门其实是给了瞌睡的他们一个枕头。

江岸抓住了中国铁路大发展的机会，销售额翻倍上升。他由此受到启发，开始转变思路，大胆尝试进军桥梁、隧道等方面的防水工程项目。一时间，悍天防水的知名度迅速传开。

2015 年，悍天防水销售额破亿。也是这一年，李海燕与江岸离婚。江岸说他与李海燕的婚姻本来就是个错误，他的事业是防水，而李海燕却带着"海"水。

未几，江岸听说二嫂生病，买了美国花旗参、芦荟、澳大利亚奶粉，还有珍珠粉等，飞去武汉探望。下了飞机，收到短信，二嫂生病是假，江南是想促成他和陈彩云的婚事。江岸心笑，电话打过去，不怕乱了辈分？江南喊了一声，你二嫂姨父的外孙女，远着哩，乱哪里的辈分？

两个月后，陈彩云辞去天衣防水的财务总监，到悍天防水组建招投标办公室——公司要改变传统的销售模式。陈彩云虽是初婚，但驰骋商场近十年，早已阅尽千帆。婚礼办得很低调，只请了双方的至亲。碰巧天公不作美，狂风暴雨，现场竟略显冷落。主持人试图渲染气氛，但又过于煽情，江岸僵着脸，勉强应付。

晚上，曲终人散，陈彩云问他为何不爽，江岸也不隐瞒，说暴雨让他想到小时候的那场洪水。"758"你知道不？陈彩云摇头。难怪，江岸说，那时候你还没出生。陈彩云安慰他，这是好兆头，有水就要防水，正好应了我们的业务。江岸觉得有理，笑意渐生。

都是钱闹的

　　向前本来是农村户口，向云帮他买了个城市户口，转业后安置到县人民医院，门卫兼收发，一月二百多块钱。上了没几天班，深圳一个战友写信让他去，说那边工资八百元。向前思来想去，终被那八百块钱诱惑，请医院领导吃了顿饭，算停薪留职。

　　他进的是个纸箱厂，给台湾老板当司机。那时候，坪山到海边都是土路，老板想去海边看看。走到半道，车陷进软泥里。他跟老板解释，自己虽说是汽车兵，但在部队开的都是卡车，没摸过小车。老板说你还是发挥你的特长，去开大车吧。合该向前背时，开货车第二个月又撞死一条狗。老板害怕了，幸亏你撞的不是人。遂将他转到行政部，好歹他是高中毕业生。

　　填表的时候，行政经理见他写得一手好字，让他专门写厂里的通知、规章制度、欢迎标语……最多的还是招聘广告：文员，女，18至26岁，外形好，会操作office软件，会粤语优先；业务员，男，30岁以下，高中毕业；普工，女，

18 至 25 岁，能吃苦……篆书、隶书、草书、楷书、行书都用过。写完，后退两步，哪个字写得好，哪个字没写好，兀自评论一番。有兴致了，还会重写一遍，再拿出去。年余，终觉没前途也不挣钱，暗里找了家新厂，想去开货车——开货车外快多。末及与老板辞行，厂里行政部与人事部分家，向前被任命为人事经理。适逢年底公司赶货，需招临时工近百人。向前大权在握，正要让人发广告，中介自己找上门，一个工人愿给他一百元佣金。向前意外，遂打消离职念头，安定下来。

如是五年，向前辞职，与同为人事经理出身的女朋友汪小玲合伙做人才中介。向云不解，打电话提醒弟弟，你靠做人事经理在深圳买房买车，怎么舍得辞职？向前解释说，自己做，空间更大。他们与桃源一家还没装修的酒店签了三个月的合同，周末使用其一楼大厅。一边在火车站、汽车站打上周末人才市场的广告，一边给先前结识的工厂人事经理发红包，请他们来招聘。

第一个周六，向前不到六点就赶到人才市场。风雨把头天晚上挂上造势的大红条幅弄得狼狈不堪，向前坐在台阶上，有点儿泄气。招聘单位还好，八点半前后都到了。九点整开门，进场应聘者寥寥无几。向前一会儿怀疑二十元的进场费高了，一会儿又觉得天公不作美。在厕所抽到第三支烟时，手机骤响，汪小玲嚷着要他增派人手，收银忙不过来。向前以为逗他，提了裤子出来，果然，门口已排起长龙。向前一向大方，当即给盒饭公司打电话，每个工作人员加只鸡腿，来招聘的人事经理另封一个红包。两天下来，公司接待三千多人，纯收入近五万元。

向前受到鼓舞，在火车站、汽车站又租了两处办公室，白石洲附近租了处旧仓库，稍加装饰，成为他固定的人才市场。汪小玲怀孕，向云被游说过来管理公司内务，工资八千元，是她在老家的十多倍——她给单位领导送了礼，算病假。继而地铁通行，终点站离向前的人才市场只有两公里，生意更加旺盛。

逾数年，向云有了些积蓄，买下石岩某村一片宅基地。跟弟弟商量，他出资建楼，许以一层楼房。其时网络招聘渐盛，人才变得紧缺，原来的收钱模式式微。人才市场又拖了一年，向前转做劳务输出——公司直接跟工人签用工合同，根据市场需要，下派给工厂。

外甥女结婚，向前回老家参加婚礼。向云见怪，就这一个外甥女，汪小玲怎不回来？向前解释，一个工人夜里出了事，她得到现场去处理，去安抚。晚上十时，向云出门送宾客，见汪小玲从车上下来，又惊又喜。问及处理结果，汪小玲轻描淡写，那是小事，今天咱家喜事，不提那个。

宴席重新开始。剩下的都是近亲，汪小玲也不见外，敬酒来者不拒。向前劝阻，汪小玲眉毛一挑，外甥女的喜酒，岂能不喝？

候而，汪小玲眼神迷离，开始发飙。向云我问你，建楼的时候你怎么跟向前说的？

众人面面相觑，唯姐弟两家人知晓内情。向前情知不好，说今天是大喜事，有事改天再说。

汪小玲拂开他手臂，正好大家都在，你们给评评理。你向云没钱建房让我们出资，说好楼建好后给我们一层。现在房价涨了，还给我们一百三十万算了事——一百万用两年，给三十万的利息，我该怎么感谢你呢？

向云红着脸——不知道是因为酒还是愧疚——嗫嚅半晌。小玲，你们一个月收入那么多，还和我们争？

汪小玲拍了下桌子，我昨晚赔了人家几十万，你知道不？

你冷静点儿不行吗?! 向前转向向云，小玲不是想找你要房子，她只是觉得楼的事你处理得不好……

我知道，向云说，你们不在乎这点儿小钱。你公司最好的时候有六千多工人，每月平均抽一百元佣金，一个月就有六十万的收入……

那是过去。现在上面有规定，劳务工不能超过百分之十，向前说，这两年，也就一千人左右。

我知道，一千人一个月也能收入十万啊。

管理成本也高，比如工人的意外赔偿。向前忍住气，继续解释。

我知道……

你还知道什么？汪小玲打断她。你知道你知道，你知道向前晚上一听电话响就头疼不？你知道他为了争取客户喝酒吐了血不？

向云还想说什么，准新娘整好头从外面回来。汪小玲趁乱丢给她最后一句话，你不欠我们一层楼，你欠我们一句话。

当夜，向前辗转难眠。天亮前迷糊了一阵，也没睡好，老做梦，梦里又回到他闯深圳之前的年龄，向云宁愿自己不吃不穿也要供他上学，还挤钱给他买户口……醒来唏嘘不已，如今姐弟俩都有钱了，关系反倒紧张起来。唉，都是钱闹的……

未来的幻想

　　人生的每一次重大转折，陈力量都对自己有着非常清醒的认知。

　　高中毕业，陈力量没有选择复读。他们学校一年毕业四个班，能考上大学的也就四五十人，他学习中等，再读一年也没把握。陈力量选择了一所私立大学，读秘书专业。家里虽说不富裕，但父亲一听学的是秘书，回来就是领导身边的人，一迭声地好好好，只要能与官场沾上边，花再多的钱也值。

　　那种学校当然不管分配。父亲又拐弯抹角地找人，好不容易才算在乡政府将陈力量安顿下来。学没白上，陈力量带回来一个卫校女生，安排在乡卫生院工作。

　　适逢全县计划生育高潮，陈力量会开车，负责将小分队抓到的孕妇送到县城。这工作很重要，陈力量绷紧神经，不敢懈怠。有天夜里小分队送来一个足月孕妇，说是天一亮就得送到县城计生指导中心。陈力量锁好车门，正要眯一会儿，有人叫他名字。仔细一看，对方是陈力量表叔家的邻居，论起来，还得叫她表婶。孕妇说她跑了七个月，离预产期还不到十天……陈力量斗争良久，最后还是放走了她。

翌晨，陈力量谎称夜里拉肚子，去了一趟厕所，人就没了。陈力量遂成为反面典型，被点名批评，还要扣工资。

陈力量受不了这种委屈，回去跟老婆商量，干脆去南方打工，听说那里机会多。老婆不同意，一是工作刚刚稳定下来，二是闺女还不到一岁。陈力量当夜辗转难眠，觉得这只是开始，一个临时工，往后受气的地方还会更多。最终说服老婆，两个人双双跑到深圳。

先是借住在华强城，每天像煞有介事地去人才市场投放简历。熬到第八天，老婆泄气了，说敢情我们根本算不上人才，还是回去吧。再待下去，恐怕连回去的路费都没着落了。老婆在屋里收拾行李，陈力量不死心，又偷偷跑到人才市场。

最后时刻，陈力量在一家鞋厂找到工作，工牌上注明，储备干部。一个月工资四百五十元，是陈力量在乡政府时的八倍！老板是台湾人，把陈力量这样的大学生视为宝贝，准备培养他做厂里的中层领导。陈力量并没有太多的兴奋，求职过程给了他很多警示，必须得充电，不能只顾眼前。他给自己定下计划：坚决不加班。晚上上夜校，学电脑。鞋厂的工资除了吃住，剩下的都给了夜校。厂里上下都知道他很快就会升为中层领导，没人为难他，对他都是睁一只眼闭一只眼，同事甚至讨好他。

两个月后就是春节，陈力量却辞了职：鞋厂太小，当上厂长也没多大出息。老婆埋怨，没你这样的傻人，就是辞职也要等找好新工作啊。陈力量不担心，他有夜校里学到的电脑操作技术，再加上对深圳用工市场的了解，找工作不难，难的是找一个回报率高的工作。

陈力量的第二份工作是一家印刷厂的跟单员，工资将近鞋厂的两倍，八百元。

跟单与业务员联系多。陈力量发现业务员出手大方，工作时间也不受限制，应该比跟单有出息。他请一个业务员吃过两次饭，但人家出言谨慎，没透露任何有价值的信息给他。后来，陈力量就认识了湖南姑娘易巧珍。易巧珍比陈力量大，算老姑娘，但人长得也还过得去。陈力量极力讨好她，请她吃饭，请她唱歌，鞍前马后，想着能从她身上套点儿经验。那时候，陈力量老婆还在鞋厂当仓管，易巧珍不知道他已婚，还以为是男人示爱，受宠若惊。易巧珍是厂里第一批业务员。她跟陈力量说，台湾人的那些培训一点儿也不适合大陆。咱们这儿，就是回扣，就是与甲方喝酒唱 K。有钱赚不？当然，回扣远比工资高。

陈力量开始暗中找厂，准备再次跳槽。跳槽不是为了斩断和易巧珍的暧昧，而是为工资，待在原厂谁会平白无故给你加工资？老婆不解，劝他不要只看到业务员潇洒，他们也有为难的时候。拉不到业务，还不是那一点儿可怜的底薪，哪有你做跟单员旱涝保丰收？陈力量拿出早准备好的台词，想旱涝保丰收在家里当孙子好了，跑到这儿来干吗？咱第二个宝宝马上就要出生了，现在不拼命挣钱将来的奶粉钱哪里来？

目标仍然锁定在印刷厂——陈力量已经熟谙印刷厂的生产程序与纸张规格，可以省去了解产品的环节。这一次跳槽比第一次顺利多了，连陈力量自己都没想到，他的工资又翻了快一番：一千五百元。

这也是陈力量在深圳打的最后一份工。他在这个印刷厂做了十年。最高时，一个月拿了十二万提成。作为红颜知己，易巧珍与陈力量一直保持着友好关系，还教他别急着把货款交上去，随便挪用一下又是一笔收入。由易巧珍这个教练领着，陈力量渐渐胆大起来，用货款周转过门面房、一间药房，还与朋友共同投资了一家诊所……

新千年到来之际，陈力量的存款数目已上升到七位数。钱太多，得找到新的投资点。他与朋友合建了一幢七层楼房，预备将来靠收租为生。翌年，自己又买了块地，起了第二幢。未几，又开了家生产方向盘套的厂子。

2016年，陈力量将自己的厂从协平路搬到龙岗大道旁边的一个工业区，电梯里碰到易巧珍。易巧珍脸上虽然涂了很贵的化妆品，老态还是凸显。原先最值得骄傲的胸脯瘪了下去，眼角满是皱纹，手像缺了水分的水果……刚离开厂子的时候，陈力量偶尔还会回去请她吃顿饭聊聊天。后来生意大了，忙了，见面越来越少，两人之间的联系只剩下节假日的问候短信。虽然都还在深圳，也差不多十年没见。

　　跟着她的姑娘是易巧珍的侄女易文荣，两个人相似度很高。易文荣在老家做了几年教师，不甘心，易巧珍把她带到深圳。坐在她们对面，陈力量一时有些恍惚。他想起曾经做过的一个春梦，易巧珍从地铁里出来，看到陈力量，奔跑着投入他怀中……梦里的她步态轻盈，垂顺的头发逆风扬起来。陈力量恍惚的是，那个女孩也许不是易巧珍，应该是他对未来的一个幻想。

死得其所

欢欢最早习惯的是死亡，先是父亲，那时她还没满月；六岁时叔叔醉酒没再醒来；九岁时姑姑陡病，不治身亡；十五岁时奶奶自己悬吊于梁上……

父亲是烈士，鲜花墓碑，"死得其所"。母亲守了两年，没守住，将欢欢撇给了爷爷奶奶。小的时候还无所谓，不缺吃不缺穿，欢欢看起来跟那些有爹有娘的孩子没什么两样。十岁以后，小姑娘开始敏感，明显比同龄的孩子早熟。初三没上完，就要跟人出去打工。爷爷不同意，孩子太小，出去怎么叫人放心？欢欢死活不愿再回学校，进城给一个远亲表叔接送孩子。她在人家家里的一本志书上看到父亲的英雄事迹，说他在公社农业中学时，有一晚被救火的呼唤声惊醒，"第一个跃上屋顶，与师生一起奋力切断火源，避免了一场火灾"。还有治理黄大港工程时，被誉为"以工地为家的好民工"……尤其是牺牲那一段，写得很美："他像跳水运动员一样，纵身从陡岸上跳下去，身体在空中画了条优美的弧线，游向落水人群。只见他避开浪头，把五十多岁的刘康美老人推上河岸，随即又转身扑向在波峰浪谷中时隐时现的女青年王善兰。其时王善兰已生命垂危，冻得脸色发紫、浑身颤抖，他拼尽最后一分力气在一个巨大的旋涡靠近之前将王善兰推上了岸。王善兰得救了，他自己却被卷入水中。"

王善兰是她姑姑，比父亲多活了九年。送走奶奶后，欢欢觉得自己是大人了，得把家撑起来。她去父亲牺牲的那个渡口坐了一下午，第二天一早就背着行李走了。本来想去上海的，因为错过了火车，就买了最早一班开往深圳的火车。

下了火车，不知道该去哪儿，看人家去挤公交车，欢欢也挤上去，眼睛盯着窗外。瞥见盛华电子厂的招牌，急忙叫停。厂门口有两张招工启事，上面的字扭扭捏捏，欢欢看了一会儿，都认出来了，一个是招熟练车工，一个是招普工，都要求高中毕业。她不知道车工普工是什么意思，但她知道自己得赶紧找个工作，住下来。

招工的人可能是怜悯她小，竟然收下了她。电子厂生产闹钟、计算器、电子日历，第一天上班就吓了她一跳，上班不许说话，否则罚款五元。上厕所也得填表签字，不能超过五分钟。第三天又开始上吐下泻，最严重的时候几近虚脱，厂医说是"湿热病"，水土不服。欢欢不怕生病，怕的是生病时总会去想那个并不熟悉的妈妈。痊愈后，老乡让她多喝外面的凉茶，那里面有祛湿解毒的草药，对这里的温热气候管用。在电子厂干了一年，又被一个同事带到商场卖化妆品——欢欢皮肤白，要是穿短袖，胳膊上的小血管就分外青嫩。没做够一个月，遇上王红卫，要买走她手里所有存货。欢欢惊喜异常，转身清理货品，生怕对方反悔。

王红卫是一家小工厂的老板，出手大方，欢欢过生日，他送蛋糕送项链送衣服；欢欢感冒，他服侍她吃饭喝药；下雨天，开车接送她上下班……欢欢先叫他叔，渐渐改为哥——亲热的时候还叫过爸。过年那天，王红卫带她到厂里热闹。工人们都在摸奖，王红卫怂恿欢欢上去试试。欢欢说我从不摸奖从不买奖券，我都成孤儿了，哪来的好运气？王红卫推她上去，抓了一张奖券出来，还未完全撕开，即朗声宣读：一等奖，八百八十八元红包一个。欢欢大喜，也不看奖券，抱住王红卫亲了一口……那一年，她还不到十七岁，双颊圆润起来，身子渐渐长开。

但她还是觉得孤独，想爷爷，想王畈，想王畈的鸡飞狗跳。等不及过年，就回去了一趟。给爷爷买了大衣，买了电热毯，买了新电视机，还有冰箱、洗水机。问她哪来这么多钱，欢欢说加班啊，她一天能上十四个小时的班。爷爷问她工资多少，欢欢想了想，说，比城里那个表叔还多十倍。爷爷做了个惊吓的表情，嘱咐她注意身体。欢欢握紧拳头屈起胳膊，让爷爷看她的肌肉，我年轻，不怕。余下几天，爷爷不停地带她拜访亲戚：这是当年在河里捞出你爸的人，那是给你奶的头痛病找过偏方的人，这是帮我们打过煤球的人，那是借过钱给我们的人……见到哪个，欢欢都得一副感恩戴德的样子。从此，极少再回王畈——比起孤独，她更喜欢城里的自由。

逾二年，王红卫介绍她去高尔夫球场当球童，月薪一千元。第一个月还没到头，小费已经拿了二千一百元——来打高尔夫球的都是大老板，个个手里都提着大哥大。

欢欢对易总印象最深。第一次来打球，给了她五百元小费，第二次六百，第三次一千。王红卫让欢欢多用点儿心，易总是他的客户，是他的财神。

某晚，易总突然独自上门。欢欢讶异，易总怎么知道我住这儿？易总笑，深圳这么小。易总还带了一套影碟机作礼物，说是刚刚研发出的DVD。捣鼓半天，方接上电视。欢欢从卫生间出来，电视上一对裸身男女正干得欢实……

再见王红卫，欢欢有些心虚，眼神躲闪。王红卫装着懵懂，照常去打球，照常开玩笑。不正常的是，他也开始给欢欢小费，但再也不主动联系她。欢欢愈加愧疚，退了出租屋，搬到高尔夫球场地旁边的一间小工具房里，躲避易总。倏而，王红卫找上门，说自己生意上遇到难关，正需易总帮忙……欢欢这才醒悟，自己成了王红卫送给易总的礼物。

北京奥运会那年，爷爷来深圳，住在欢欢刚买的两室一厅里。欢欢还带他去过球场，晚上回来的路上他问，打高尔夫球能干啥？欢欢说，锻炼身体啊。爷爷喊了一声，那也叫锻炼身体？让他们挖块地不比那锻炼？欢欢笑，不一样啊爷爷，人家打球能锻炼全身。而且，打球还是城里人（欢欢本来想说老板们，临时改口）的一种社交活动，好多生意都是在球场上谈成的。爷爷还是不屑，非要在球场上谈，也不怕太阳底下晒？欢欢只顾笑了，差一点儿跟前面的车追尾。爷爷啊，即使不谈生意，那球场也可以培养感情啊。

欢欢有个老乡同事，勤杂工，叫彭连富，发现她与来打球的老板暗里做皮肉生意，遂起歹意。某日大雨，彭连富恐吓欢欢，要向老板告密。欢欢一时愣怔，被他挤进球场工具屋，又被封住口鼻……谁料封得太紧，欢欢窒息而死，尸体随手就埋在屋外的草地下。

欢欢就此消失，村里有说她得脏病死了，也有说她被男人带出国了……六年后，彭连富因为另外一起命案落网，才供出欢欢的下落。

彭连富无赔偿能力，但高尔夫球场赔了一笔钱，加上欢欢的积蓄，以及她龙岗的那套房子，有好几百万。爷爷说，我一个要死的老头子，要这么多钱有啥用啊？都是纸啊……

欢欢的遗骸就埋在她父亲旁边，阴阳仙说是躺在她爸的怀里。葬礼很隆重，爷爷扎了好多陪葬品，纸房子、纸电视、纸冰柜、纸洗衣机、纸手机、纸汽车，还有一个侍候她的纸丫鬟……

扎根

隗新花比谁都更想在深圳扎下根。

十五岁那年，隗新花被人挤到柴草垛里失了身。男孩是邻村的，皮肤黝黑，她经常在路上见到他。那是个傍晚，风很大，男孩拉她过去时她还以为是避风……很长一段时间，隗新花都恍恍惚惚的，意识混沌。父母顾不上她，忙着和调解人斡旋，争取更多的赔偿。

两千，那边愿意出两千。都是小孩，不懂事儿……

两千？我们再穷也看不上这点儿钱。

他们说，要不，就让花儿嫁过去，反正……

谈判都是在酒桌上进行的。开始还压低着声音，酒喝多了，就有些肆无忌惮。隗新花到现在也不清楚最后的赔偿金是多少，他们从没跟她提过数目，不知道是因为张不开口还是根本就不想让她知道。

那时隗新花正上初二，她有很多理想，当医生，当空姐，当模特……她也知道这一切得通过学习完成，得考上大学，她因此勤奋努力，成绩始终排在前五名。突然辍学，老师们不知其因。他们拿着隗新花几次大考的考试卷找上门，她已经到了深圳——农村藏不住事，隗新花几近窒息，她想换换环境。

到深圳第一天，进不了厂，晚上无处可去，老乡给她找了片席，让她先在厂门口对付一夜——来深圳找工作的人都这样对付过。隗新花不敢露宿街头，她心里有阴影。况且，明天要是还进不了厂怎么办？她在外面转悠，旁边杂货店老板娘给她出主意，给保安买两盒烟，可以混进宿舍。

躲了四天，厂里终于有了工位。隗新花以为进了厂日子就会顺下去，不想还有更多的麻烦。有一次上班时间到了，隗新花却找不到自己的厂牌，进不了车间。介绍她进来的老乡知道是工友陷害，领她到垃圾桶里翻捡，果然在那里找到。

遇上陈光辉的时候，隗新花十七岁。陈光辉在另一个小厂做厨师，给二百多工人做饭，趁轮休出来会朋友——朋友在厂里当保安。正值下班，员工蜂拥而出，陈光辉从几百个女孩中一眼看上她。隗新花一米六四，皮肤白嫩，再加上落日余晖的映射，皮肤晶莹如玉。陈光辉当时二十又五，隗新花跟他比起来还是花骨朵。他知道这个年龄的女孩需要死缠硬磨，需要穷追不舍。三个月未尽，花骨朵到底被他掐走。

当年春节，陈光辉为取得岳父母认可，极力撺掇隗新花回老家。他给隗家准备了电视机、煤气灶，奶奶一件鸭绒袄，岳父一块手表，岳母一件短大衣。

第二年年底，隗新花生下儿子。为逃避家乡频繁的孕检，两个人始终没有领证。

最黄金的岁月始于香港回归。陈光辉辞工盘下龙岗一家花店，卖花。他手大，义气，擅交朋友，很快包下三家酒店的生意。上午进货，下午雇两个人包装，晚上八九点钟开始送货，十二点多收工。一天收入一千多，节日尤甚，最高时五六千……

好景不长。2003 年，陈光辉骑摩托到火车站接朋友，撞到路边的石礅，在医院住了三个月。花店生意无人打理，市场被竞争对手抢走。出院后刚想重整旗鼓，父亲在山西煤窑出了事，丢了性命。回乡料理完丧事，陈光辉又留在家里忙打官司争取更多赔偿。有一年时间，陈光辉都在跑山西，偶尔去隗新花娘家住几天。

隗新花娘家疯传陈光辉在深圳混黑社会，专门帮人摆平各种难缠事。回来是因为砍坏了人，暂避风头。隗新花的父母听了，心里七上八下的。正好隗新花回来送儿子上学，劈头盖脸一顿责骂。隗新花心情郁闷，回深圳前一天又不慎伤了动脉。在医院输血时才揭开自家身世——父母不育，隗新花是路边捡来的。她这才想起大人们曾经乐此不疲的玩笑话，你是捡来的，不是爸妈的亲闺女。她每次都认真地否认，好像不那样就会成真。她知道大人们喜欢用那样的玩笑来逗孩子，没想到，在她身上却成了真。

证据还有很多，隗新花恨自己迟钝粗糙，没有尽早意识到。来深圳前，她本来想跟堂哥去北京的，堂哥在那儿组装电脑，正好人手不够。父母却坚持让她去深圳，摆弄电脑能有啥出息？她猜想他们应该是受了东邻家女孩的启发，那女孩在深圳开了家发廊，暗里做皮肉生意，家里很快起了小楼。一次父母在他们家打牌，东邻家女孩寄回一个包裹。家人没在意，以为只是毛毯，当着众人徐徐展开，里面却裹了两沓百元红钞。父母不时提起这事，都是不要脸之类的诅咒，但隗新花听出来了，其中也有艳羡。隗新花比那女孩漂亮，反正她已不干净，又不是亲生的，用身体换点儿钱回来也算对得起他们的养育……

处理完老家的事，陈光辉耗尽积蓄，回深圳像换了个人，白天睡觉，晚上四处游荡。隗新花一连换了四次工作，都做不长——工资太低，又没个好前途，都没法跟卖花比。

年底，陈光辉终于在一家赌场找到活儿，开始忙起来。两个月后，更甚，回来只有换衣服的时间。有一次，隗新花发现他换下的内衣内裤她根本没见过，陈光辉露了底：他又搭上了一个小姑娘。

隗新花带人打了小姑娘一顿，解了恨，却从此心灰意冷，斗志全无。在屋里躺了几天，决定与陈光辉一刀两断。她换了新发型，也换了电话，跟父母说陈光辉突然消失了，可能是欠了债躲起来了，也可能是被人干掉了——都是顺着有关他的那些谣言编的。反正，家人也不可能再见到他。偶尔，他们还会在她面前念起他的好，猜测一下他的生活——

如果他还活着的话。

有一天，父亲突然打来电话——父母几乎从没主动打来过电话，怕花钱。问了一圈不痛不痒的事，陈光辉、工作、天气，最后话锋一转，说有人给她提亲。隗新花轻笑，谁？让她嫁回老家，不可能。父亲说了名字，竟然是邻村那个强奸过她的男孩。隗新花一时无语。父亲以为她已松动，接着讲他的优势：在家里搞房地产，县城省城都有房子，老婆去年车祸死了……除了黑，她一点儿也想不出他的样子了——自那以后，竟再也没有碰到过他。

隗新花后来仔细琢磨过这事，她没见过他并不表示他也没见过她，她老是回老家，又那么张扬。事情过去十多年了，她早已淡忘了他。

父亲又一次劝她——她猜，他肯定是被人家的小恩小惠俘房了——反正……她及时挂了电话，不想再听父亲后面的话。

淡忘并不代表原谅。

隗新花在一家美容会所收银。工作找得很仓促，主要是想找个事儿做，随便什么，能填满她的空虚就行。她强迫自己干下去，直到认识现在的老公。那时候她已升任大堂经理，他是那次饭局的发起人，在一家服装厂做业务。让隗新花动心的是房子——他在深圳买了房。

隗新花吸取了上一次的教训，先办结婚证。未几有孕，便辞去工作。长她十岁的老公去长沙做区域经理，隗新花安心地住在深圳自己的房子里待产。

四代单传

蔡富强是高级社员，会看相，还会木工、油漆，嘴头上没吃过苦。因为三代单传，老婆是父亲替他挑的，腰粗臀肥，好生养。想生一堆儿子，临了却只有蔡明书一子。

蔡明书不仿父母，细高挑，风一吹像要飘起来，人送外号四两。但他学习好，中招考试全乡第五。前四名都被录进了县城高中，筛下蔡明书。

公社高中多少年都没人考上大学，蔡明书也因此断了读书的念头，天南地北地赶集。王畈那儿菜地多，夏天卖不完的瓜果蔬菜。第一次赶集，蔡明书就将借来的自行车横梁撞弯——路边有人晒黄豆，蔡明书不小心轧上，车子一滑撞到树上。蔡富强寻思儿子太瘦，扛不住农活儿，想帮他找个轻巧的门路。进城求同学帮忙，未果，带回来一台半旧收音机。天热，知了的叫声吵得人无法睡觉，几个年轻人围坐在屋后树林里听收音机。蔡明书听到一则兽医培训广告，觉得好——南北园有两个卫生室，却没有一个兽医。回去跟父亲说，一拍即合。守着收音机又听了两天，再也没收到过那个

　　　　　　　　　　　　四十七个深圳

广告。蔡明书说不怕，反正他记得是孝感兽医站。坐了一天车，摸到孝感，天黑前还真找到了。

一年后回来，蔡明书背上多了个药箱。那时候还没有机器，牛多，猪更多，蔡明书经常还没到家就被人截走。到了二十岁，蔡明书身上的肉多了些，又高，人便有些玉树临风的范儿。来提亲的多起来，蔡富强挑了老大队支书的闺女做儿媳妇。

苏小玉第一胎生了个女儿，第二胎又是。孙女还没满月，蔡富强急火攻心，病了。夜里跟老伴私语，计划生育这么紧，老蔡家怕是要绝户了……蔡明书在西屋听了，一夜未眠，天不亮就背着药箱带着苏小玉跑到淮河对岸的一个小村里。药箱不管用，人家不信任他一个外乡人。白天，蔡明书蹭拉沙车进城当装卸工。他无心观赏景致，躺在沙堆上，眼睛里只有蓝天，还有急速向后倒退的云。到了晚上，再扒空车回去。有一回，空车却不是去沙河拉沙，蔡明书被带到另一个乡镇，走了大半夜才回去。

1994 年，三女儿还未满月，蔡明书想跟老乡一道跑深圳。蔡富强担心儿子顶不住生活的重压，想一走了之，又不敢挑明，劝他收了秋再走。收完秋，又说还有一大窖萝卜和姜等着卖。蔡明书跟老婆商量，他再不走，三个闺女咋养得活？蔡富强没法，让老伴委婉提醒苏小玉，男人这一走，怕是不要她们娘儿四个了。苏小玉听了，莞尔一笑。想起结婚前蔡明书收拾得跟干部似的，如今却蓬头垢面，心下惭愧，谁让自己没本事生儿？与男人缱绻一夜，天不亮起来做好饭，亲自送他出门。

在深圳漂了一周，蔡明书才进了石岩一家工厂做喷漆工，工资二百多块钱，还不如在老家当兽医。按惯例，第一个月工资先压着。第二个月月底，扣除吃住，蔡明书只领到几十块钱，别说养活一家人了，连养活他自己都难。第二天跑到华强北，挨个瞅人家手里举着的牌子，有招泥瓦工的，有招厨师、司机的，也有招文员、报关员的，就是没招兽医的。等了一天，蔡明书决定舰起脸应聘厨师，我是北方人，在家里也经常做菜，正符合那个北方菜厨师的要求。

人家带着他，转了两路车，到了一家霓虹灯厂。进了门，那人说，你这么瘦，不像厨师。

谁说厨师非得是胖子？蔡明书眯着眼笑，并不否认。

你跑业务吧，我们缺业务员。

我不会跑啊，蔡明书担心。

不要紧，你不是初中毕业吗？有人带你，很容易的。

逾半年，蔡明书已积下一万多元。他回去买砖买沙买白灰，准备建三间平房——即便没有儿子，家里也得有栋像样的房子。包工头替他算了一笔账，蔡明书手里的钱勉强够盖房子用。他心有不甘，返回霓虹灯厂想再挣点儿钱，以备以后回乡做个小生意，平日里做兽医用。

好景不长，一湖北工人工作时被高温烧掉三个手指头，工厂关闭。蔡明书经老乡介绍，到了东莞一家油漆厂，基本工资一千元，加上提成，一年能拿三万多元。第四年，他将老婆孩子都接到深圳，用手里的十几万块钱，再加上借来的几万，在宝安开了一家小型油漆厂。

蔡富强来深圳两次。第一次是 2003 年，孙子——苏小玉终于生了儿子——过百天。蔡明书住的是复式房，电视机跟一面墙那么大，家里每个人都有手机。深夜两点，蔡富强睡不着觉，嫌床太软，将被子铺在地板上。他小声问一直跟着蔡明书的本家侄子，你哥有没有十万块钱？侄子忍住笑，十万？明书哥早成百万富翁了。蔡富强不信，别听他瞎吹，有一说成十……侄子掰着指头一笔一笔帮他算，房子四十万，车十八万，坪山那边一间门面房三十六万，还不算咱们看不到的……蔡富强更加睡不着，半夜去敲蔡明书的门。够用了，你这样早晚要挨整的。蔡明书耐心跟他解释，现在形势变了，共产党鼓励发财……

蔡富强不喜欢深圳，车多人少，找个人说话都难。蔡明书白天落不了屋，找他得打电话。

第二次去，隔了十来年。这一年他七十三岁，老是念叨"七十三八十四，阎王不叫自己去"。他想再去深圳看看，看看自己的孙子。正好南园北园都讲明港通飞机了，蔡富强说正好，上天看看。

苏小玉到佛山接机。明书咋没来？蔡富强问。

苏小玉逗他，还是儿亲啊，媳妇都是外人。

蔡富强哪见过儿媳妇跟公婆开玩笑？嘿嘿一笑。

明书在越南，那边公司有事。

蔡富强知道越南，一个小国家，跟中国打过仗。晚上不是一块吃饭吗？

是啊。他正朝家里赶。

能赶回来？

能，可能比你还早到。

车是宝马 X6，坐上不久蔡富强就睡着了。醒来，人在半山腰，周围却灯火辉煌。蔡明书早换了别墅，请了菲佣。酒店的菜口味重，蔡明书专门请了湘菜师傅来家里烧菜。

孙子在上补习班，还没回来。三个孙女殷勤地领着爷爷上下参观，地下是车库，一层是客厅餐厅，二层是客房书房，三层才是他们一家住的。蔡富强在孙子的房间站了会儿，电脑、桌椅都是电视上见过的。床头上挂着的一幅大照片不是蔡明书也不是苏小玉。小孙女说了一个名字，蔡富强没记住。走近看了看，照片上的人不看他，一脸无所谓的样子……

小能人

闵现荣在闵湾又称小能人。

大能人是他父亲，他父亲做过村支书。他们家父族大，父亲弟兄八个。到了闵现荣这一辈，队伍又壮大到十七个。闵现荣的大哥在部队转成了志愿兵，回来就能吃上公家饭。闵现荣虽说没考上高中，但他小时候就表现得异常聪明。一是嘴甜，见人不叫叔伯婶娘不说话。二是脑袋瓜子活泛，父亲弄了辆破汽车回来，三两天闵现荣就给捣鼓熟了。人也实诚，给人拉沙拉砖，绝不短斤缺两，报酬多一点儿少一点儿从来没见他跟人红过脸。人家也不避讳，当面背后都叫他小能人。当然赞扬的成分多，但闵现荣也听出了其中的不屑——小嘛，本身就有贬义。

亲事很快订下，女方是方圆十几里出名的姑娘，见到又瘦又黑的闵现荣自然不满。怎奈父母相中了闵现荣的家，由不得她。1990 年，闵现荣抿着嘴成了亲。

儿子长到一岁，破汽车瘫痪，成了一堆废铁。老婆提议去深圳打工，把孩子撇给公婆。闵现荣那时候还在蜜月期，对老婆的话唯命是从。到深圳见的第一个老板是台湾人，对方正在开山建厂，工地上需要大量司机。开工资的时候，他只领到五百元，比人家少一百五十——他没有驾驶证。闵现荣很满足，这笔钱相当于他在老家收入的两倍，人家还管吃管住。宿舍就在工地上，简易房——深圳这样的简易房到处都是——五六个人挤在一起。老婆比他体面得多，在台湾人的厂里做文员，月薪三百五十元。

八年，闵现荣存折上的存款数目累计三十七万。这个数目与小两口的收入显然不合，有巨额财产来历不明之嫌。

闵现荣的生财之道是偷卖汽车油箱里的柴油——工地上的老司机都这样，如此所得远高于他们的工资。台湾老板见闵现荣比其他司机灵活，调他过去开小车。开小车有吃有喝有面子，但捞不到油水，闵现荣又想法转成大货车司机，从深圳到珠海转货——那几年家里大大小小脚上都穿过他从车上截留下来的耐克鞋。

小能人迅速从闵家脱颖而出，成为当地最有钱的人。他踌躇满志，以为自己的好运才刚刚开始，目标是一百万、一千万。在一个远房亲戚的蛊惑下，他投了十万做红酒。做生意并不难，闵现荣之前有过类似经历——他曾经搞过饭堂，在台湾人的厂子。后来转手包给别人，他只需每月请台湾人洗一次脚就能轻松收入一千多块钱。

暑假回老家接儿子，已在县城税务局工作的大哥问起他的红酒生意：请了多少销售人员，一个月能卖多少支，哪几个月算旺季，现在库存多少，一支能赚几块钱……闵现荣几乎一无所知，辩解说，都交给对方打理了——合伙生意最重要的是信任。大哥大为惊讶，这与信任是两码事。两年了，你对其中的账务一点儿也不了解，也太马虎了吧？

闵现荣嘴上不服，回去还是让老婆去看了看。一切都被大哥说中，十万块钱只剩下十几箱红酒。远房亲戚让他再坚持两年，市场即将培养出来……闵现荣这次听了大哥的话，及时关停，追讨欠款。

接下来又筹办机械厂。有了红酒的教训，闵现荣当然谨慎多了，合同中明确规避了自己的风险：如果工厂赔钱，钟姓合伙人负责赔偿；若其投资不够赔付，闵现荣只负责赔付其中的50%。闵现荣投了80%，却只要了60%的股份，另外20%算是对方的技术。钟姓合伙人信誓旦旦，保证稳赚不赔。

合伙人的自信干扰了闵现荣的判断。机械厂生产出来的机器不断被退回，钟姓合伙人解决不了电脑编程难题。一年未到，工厂关门大吉。闵现荣分得几台机器，半价贱卖。不得已，钟姓合伙人还将房子低价抵给闵现荣还债。

两次投资失败，耗尽了闵现荣的积蓄。那一年回老家，闵现荣没有出门，一副死猪不怕开水烫的架势：我混穷了，没钱串亲戚。初二全家聚餐，大哥直言不讳：在咱们闵湾，你还算能人，但在深圳，你不是。你急着发财，投资自己一点儿都不熟悉的行业，赔钱很正常。大哥同时也给他指明了方向：车开了十几年，你懂车，还是老老实实在自己熟悉的行业干吧，别乱折腾了。

　　这一次，闵现荣听了大哥的话，回到深圳卖掉钟姓合伙人抵给他的小产权房，赚了四万块钱差价。大哥看得准，闵现荣其实缺少生意人的敏感，四万块钱的差价竟然没能让他意识到房地产行业的巨大空间。如果卖房之后他将方向调整到炒房上，现在身家千万甚至过亿都有可能。十年后，偶然听到那处小产权房拆迁，每户赔了三百万，闵现荣后悔不迭。卖房的钱付了三辆车的首付，分别承包给三个台湾人开的厂，月收入一万五千元。

　　一年后，亚洲金融危机，跟闵现荣有业务的一个工厂倒闭，另一个厂因为深圳治理环境被迫搬到越南。闵现荣面临失业，威风不再。

　　其时，堂弟在宝安有一家运输公司——堂弟也跑车，闵家像是约好了似的，大大小小十几个人都在南方开车。公司是被逼注册的，堂弟与一家日本工厂签订了三年的租车协议，年终出票时，挂靠的公司出了点事，费了好大周折才取出租金。堂弟警了心，觉得那样不是长法，遂自己注册了途胜运输公司。公司业务不多，堂弟的儿子，刚从职业中专毕业的闵建设却看出了其中的商机。年轻人血气方刚，想以运输公司为基础，整合闵家的资源优势，将公司业务延伸至维修、保险、餐饮等领域。

　　闵现荣被拉去带车入股。上班轻闲，早晚两个小时接送人，每月五千块钱。其余时间，闵现荣都是守在人才市场，给工厂送人。收入时高时低，总体来说比工资高。

2014年，闵现荣在东莞买了房子——深圳的房子想都不敢想。房子是为已经大学毕业的儿子买的。深圳是一个现实的城市，不要说爱情，没有房子连相亲见面的机会都没有，更不用说结婚生子。儿子学的是营销，游荡半年还没找到工作。闵现荣想让他也学开车，大哥不同意，开车有什么出息？还像你一样做苦力？支持侄子去了一家小公司做业务。

人才市场搬迁，闵现荣早晚之外再无进项。思虑再三，他在小区盘下一间杂货店。不料，市场太小，赚的钱只够房租。情急之中，他又开始"卖马"。这本是闵现荣熟悉的业务——他买马差不多有二十年的历史。有一段时间，家里最常见的报纸就是马报。有次他以为自己看准了，老婆却不给他钱，他给亲戚打电话谎称出了车祸，骗了钱买马。也有看准的时候，想押十号，但苦于没钱下注。结果还真是十号——这事他讲过无数次，劝诫他的人都听过。

警车两次嗷嗷叫地冲进小区。闵建设去领的人，运输公司越做越红火，闵建设上上下下都有关系。闵现荣却不思悔改，以为有人撑腰，反而变本加厉。现在，这是他唯一的希望。

一个崭新的世界

闵现中是第一个到深圳追随堂兄闵现荣的人。他欠了一屁股赌债，老婆成天僵着脸，家里的日子不好过。闵现荣从深圳回来，神采飞扬，应该在那儿混得不错。没过破五，闵现中就跟他走了。

在闵现荣的引荐下，闵现中找了份看工地的活儿。白天没事，闵现荣拉上他做个伴，消磨时间。土方车不上路，只在工地上跑，简单，安全。闵现中跟了两天，跃跃欲试——男人都喜欢掌控方向。闵现荣教他踩离合，换挡，刹车，倒车。比上学容易多了，半个月后，闵现中就能单独上车，闵现荣乐得逍遥，隔三岔五出去转个两三天。过罢年再来，闵现中拿着买来的驾照，成了工地上的新司机。老婆去高垗一家鞋厂做仓管，一双儿女留在家里上学。

2004年，闵现中借了亲戚的钱，又贷了点儿款，买了自己的第一辆车，租给一家韩国公司。很快又买了第二辆，与一家日本工厂签订了三年的租车协议。

闵建设初中毕业那年和姐姐一块来深圳度假，闵现中开车去接站，老婆厂里走不开。出站口川流不息，分不清车次，闵现中突然有种莫名的紧张，怀疑自己能不能一眼从人群中认出姐弟俩，更怀疑他们是不是认得他这个亲爹。

少时，姐弟俩有说有笑出站，老远看到闵现中向他们招手，又戛然而止。闵建设脸上的笑容僵在那里，渐渐被羞怯取代。

吃饭没？

姐姐答吃了，但闵建设怀疑姐姐也没搞清父亲问的是午饭还是晚饭。

考试咋样？

还不错。都是姐姐作答，闵建设扭头看着窗外，不作声。

一路上，两相无话。

回去母亲提起这事，闵建设说，每次见面都是问我们考了多少分，就没别的吗？母亲说，你一个小孩，不问学习问啥？闵建设说，我每次见他都问他挣多少钱好不？学习有好有差，跟他一个班的同学还有年薪十万的，他咋不比？还有他的血泪史，我都快会背了。刚来的时候，老板不养闲人，头一个星期他都睡在外面的马路上。后来我叔多方打点，才替他找了个看工地的活儿。一个月几百块钱，请两次客，没了。早晨经常省着，不敢吃饭……母亲说，你爸不是没文化吗？闵建设抢过来，跟文化没关系。时代不同，我的罪他受过吗？从小就被赶进学校，半夜醒来，听到的都是左右磨牙、说梦话、放屁的声音，要是外面有个什么声响，又吓得蜷成一团，等着窗户慢慢亮起来。他受过这样的罪不？那时候，我跟没爹没娘的孩子有啥区别？母亲涨红了脸，说我们又没短过你啥。有吃有喝你还想啥？闵建设喊了一声，住了声，知道再说什么都是枉然。

　　姐弟俩在深圳期间，闵现荣过来，他们的车都挂靠在外面的一个运输公司里，每次取出租金都要费好大的周折。闵现荣想招呼大家开个会，看能不能自己注册一个公司，反正他们大大小小也有差不多十辆车了。问题是他们中没人在深圳交过社保，不能做法人。闵现中说了一个表亲的名字，可以让他挂名。闵现荣说好，转头跟闵建设说，建设这两天好好想想，给公司起个名。

　　闵建设趁机说，叔，我不上学了，也过来开车。

　　那不行，闵现中说，至少得高中毕业。

　　闵建设低声嘟囔，上高中的多了，有几个考上大学的？

　　闵现荣听到了，说你年龄太小，不上学干吗？

　　我爸说的，考不上学就回来开车。

　　闵现中走到窗户跟前，后悔自己平日不负责任信口胡言。

　　闵现荣又劝，你这么小，工厂都不敢要你，更别说开车了。不愿上高中也行，去读个职业中专吧，轻松，还能学门技术。毕业正好也能学开车了。

　　暑假结束，姐弟俩返回。还没离开车站，闵现中就收到儿子的短信，途胜汽车有限公司。后面还有两句，爸爸保重，爸爸再见，我会好好学习的。闵现中羞得脸红，懊悔没和儿女话别。他最想的其实是抱抱孩子们，几次想伸手，总觉得不习惯，矫情。闵现中将儿子的短信转到 QQ 群——其时公司名字已定，凯旋汽车有限公司，闵现荣那句话只是随口一说——大家都说还是途胜好。

2010 年，闵建设从广东一所职业中专毕业，途胜汽车有限公司名下已有二十三辆车。闵建设看不出这个小公司有什么前途，在外面甚至没跟人提过。他应聘到番禺的一家安保公司，做业务。

那一年的春节，闵建设在途胜汽车有限公司帮了几天忙——接待客人，协调车辆，发布通告。他发现父亲的工作并不像他想象的那么简单。派车时，他会叮嘱司机放什么样的音乐，或者少说话——有的客户不喜欢说话……假期结束，闵现中劝儿子留下来，接管公司。他年龄大了，跟不上时代了，公司需要闵建设这样的年轻人来管。最重要的是，闵现中眼睛一会儿好一会儿坏，坏的时候看什么都是昏的。

正式接手前，闵建设给父亲打了半年的下手。跟父亲闷着头干活不一样，闵建设更多的关注点在客户身上。陪他们喝茶，陪他们打球，陪他们吃饭，借以了解客户，熟悉业务。正式接手后，他开始拓展公司业务，除了租车，还增加了洗车、修车、代理年审、车险等一切与车有关的业务。逾二年，又与人合伙，成立了拆迁公司、装修公司、环保公司等。闵建设觉得自己比父辈们清醒，知道自己有太多的不足，需要靠专业技术人员助阵。合伙的另一个好处是资源共享，众人一起做事，互相启发与碰撞。闵建设的老婆就曾经是他的合伙人。2014年之前，途胜汽车有限公司每年营业额只有一百万。第二年，他们名下的一个洗车店就达到四百万。再加上租车的八百万，途胜一年营业额达到一千二百万。闵建设在宝安一下子定了两套房，大的自己住，小的给父母。

儿子进幼儿园那天，闵建设推迟会议，亲自去送。他承诺每天都会接送，除非自己不在深圳。闵现中在一旁骄傲地跟老伴耳语，我们没接过儿子一次，没见过儿子在学校里的样子，他不还是成了总经理？闵建设一时无语，又想起那年暑假与母亲的对话。

深圳的早晨，阳光灿烂。儿子沐浴着朝阳，被老师引向教室。进门前，儿子停下来，回头张望。闵建设挥手，儿子也挥手呼应，方才走进教室。闵建设知道儿子走进的将是一个崭新的世界，安心转身。

任务

闵现实是闵现荣的弟弟，两人都遗传了父亲的那张嘴，能说会道。初中毕业后在家里窝了两年，闵现实出不了力——早晨全家出动送粪上地，他能缩在厕所半小时不出来。割麦，他一会儿直起腰看看别人，一会儿又要去喝水。姜地里薅草更受不了，说非热死在地里不可。家里指望不上他，父亲叹口气，送到部队锻炼锻炼吧。托了人，磨了个技术兵的指标，到部队开车。三年后转业回来，做了县城汽车站的合同工。

又两年，合同工也没了，汽车站改为股份制，成立客运公司，车都被私人买走了。闵现实图便宜，买了检察院一辆中巴。中巴老是坏，一修就是钱。到年底一算账，欠了一万多外债。这么干下去，什么时候能还清啊？就这样，闵现实到了深圳。

那时候的深圳，只有两个地方用大车司机，一个是车站，一个是工地。车站需要有熟人介绍，闵现实只好去跑工地。深圳小山多，一座小山围有十几个工地，到处都在平山整地。闵现实选定一座小山，见到司机就问。人家大多是广东人，讲白话，闵现实一句听不懂。第二天再出去，他准备了一张纸片，上面写着："你们需要司机吗?"想想不够虔诚，又在"你"下面添了个"心"字——他知道加上"心"是敬称，不知道"您"不能和"们"连用。

一天跑下来，看到的都是摇头。挨晚上，远处路灯次第跳亮，工地上大功率的探照灯也打开了，方便夜班行车。闵现实停下来，才意识到自己饿了，中午都没吃上饭。城市的灯光还远，闵现实朝附近亮着灯的工棚走。工棚里两个人，一老一小，都穿着看不清底色的 T 恤衫，上面印着壳牌机油的广告。闵现实老远就喊叔，说自己是来找活儿的，跑了一整天，没找到。老的舒展开脸，恁河南的? 闵现实一屁股坐到地上，嗯嗯，你们也河南的? 小的抢着说，我们南阳的。老的见闵现实的眼睛老盯着凳子上的两份盒饭，也没多问，让小的腾出一个饭盒，一人给闵现实匀出一小半。

第五天，闵现实听说老婆有个表侄王自强大学毕业后在福田做官。电话打过去，人家答应帮忙。闵现实不放心，想买点儿东西去看看。在商场瞅来瞅去，不知道城里人喜欢什么，索性买两瓶麦乳精、一箱健力宝。背到福田，翻来覆去找不到地方，只好又打电话让王自强出来接。

大巴开了五年，接触的人多，认识的有钱人也多。闵现实眼气他们，也想出来搏一搏。旋即辞工——那时候他月薪已涨到三千元——与人合伙买了辆出租车。出租车每个月能有八九千的收入，是开大巴的三倍。闵现实的日子滋润起来，偶尔会约王自强出来吃饭，地点就定在福田深南大道边的夜市摊上。王自强不喝白酒，闵现实陪他喝啤酒。开始还谦卑，如今能开上出租与王主任当初的照顾分不开。喝到半晌，闵现实腰板硬了，一口一个表侄，俨然长辈与晚辈对话。天热，再加上酒劲，T恤脱了扔到旁边空凳子上，高声唤老板加菜……翌日早起，才知道是王主任送他回来的。回忆起前晚酒桌上的言行，后悔不迭。俄顷，又释然，反正现在也不指望他，吃顿饭已尽人情。

第二年季春，空气清新，路边的荔枝开始发红，宛若深闺中羞涩的少女，沿街招摇。闵现实揽了个大活，送客人去广州，精神倍增。车行至永和镇附近，客人要下车方便。闵现实挑了个僻静处，车子还没熄火，脖子即被人死死勒住，他立即意识到遇上了劫匪，觳觫不已。哥们儿，我这车也是抢来的，您只管开走，我屁都不敢放一个。劫匪手上松了点儿劲，闵现实见还有余地，紧接着劝说。您要不相信，先把我捆结实了，扔沟里，只要给我留条活命。我家里还有三个孩子呢……

被人发现时，闵现实衣服已被汗水湿透，人几近虚脱，傻了一般，还是路人帮他报的警。警察安慰他，人好好的就不错了。闵现实不敢认真，他们的出租车本来就来路不正，不然，三十六万怎么能买得到？

出租车入了保险，除了惊吓，闵现实并没有什么经济上的损失。但他从此断了发财梦，又回去开长途巴士，深圳到桂林，工资还是三千元，中途再捡几个乘客——长途车不让中途上客，两头卖票，不设乘务员——一个月平均能拿五千元。

四十岁那年，运输公司被几个有钱人承包，闵现实买了辆十二座的中巴，与一家医院签了三年的合同，接送病号，每月四千元工资，包吃住。一年下来，就收回投资。翌年，闵现实承包了医院的牙科，投资五万元，添了新设备，重新请了医师。算下来，一年差不多能收入十五万。

2010年春节，大儿子二儿子都领了女朋友回来。吃罢年夜饭，闵现实给两个准儿媳妇一人发了一个大红包，然后开了个家庭会议。闵现实说，我来深圳快二十年了，睡过坟地，吃过人家的剩饭，连命都差一点儿丢了。不怪别人，只怪我自己没文化，只能挣点儿血汗钱。你们谈朋友，我当然高兴。不过，咱有话说到明处，我手里只有四十万块钱，准备再借十万，每人给你们买新房付个首付。婚礼你们自己操持，想咋办你们自己当家，我是实在没钱了。我的苦还没完哩，老小还在上学，将来工作、结婚还有操不完的心……

说是不管，闵现实还是当了家，婚礼在同一天同一个酒店举办。按老家习俗，闵现实脸上被人抹满了黑鞋油，像个黑人。闹罢，都夸闵现实有本事，轻轻松松完成了任务。闵现实牙齿尽露，说还有一个呢。

宾客散去，闵现实在家人亲戚簇拥下步行回家。不知道是因为喝多了还是激动，闪现实的身体一漾一漾，宛如浮在看不见的水里。头顶上是两边的高楼裁剪出的一片碧青的天，白云鱼鳞般一层一层。

罗锅腰

闵学智初见何惠娟，是在民师招转的考场上。何惠娟穿白色的确良短袖衬衫，浑圆的胳膊露在外面，皮肤白皙紧致。她侧身看着窗外，胸脯勒得紧紧的，但仍可看到优美的弧度。

不久就有人跟汪小凤报告，说看到何惠娟与一男孩当街并排行走。汪小凤打听到闵学智的情况，穷，还有点儿罗锅腰，她告诫何惠娟，万一你考上了他考不上咋办？她坚信自己的女儿一定能考上——何惠娟在她的监督下，认真准备了半年。

果然，何惠娟中榜，闵学智数学只考了十几分，名落孙山。女儿不听汪小凤劝说，暗中仍与闵学智鸿雁传书。汪小凤打骂一顿，你是商品粮户口，又长得好看，公社干部还不随便你挑？汪小凤守寡十年，何惠娟就是她将来依靠的大树。她得守好这棵树，将来还指望她遮风避雨呢。

闵学智虽穷，但生就一副好皮囊，人高马大，玉树临风。他频繁向何惠娟发起攻势，某个沉醉的晚上，终于如愿——也不是急，主要是想以此做保证。转眼，就是风里长针的季节。汪小凤接到线报，说是闵学智曾追到何惠娟的学校。她气不过，赶到闵学智教书的学校，堵在教室门口，掐腰跺脚骂起来。后又奔至市里，发现何惠娟抽屉里藏着一沓信，全是闵学智写来的。汪小凤抓起来，甩到女儿脸上。你就恁想男人？逼着何惠娟答应与闵学智断绝关系，永不往来。

逾三年，何惠娟毕业，闵学智仍屡试未第。两个人搬到一起，同吃同住。给汪小凤报信的人不敢说出实情，只说两个人仍在交往。汪小凤飞车去乡中学突击检查女儿宿舍，将闵学智的鞋、衣服悉数扔至门外菜地。何惠娟忐忑亮出大红的结婚证，汪小凤瞥一眼，一口气没上来，昏倒在地。少时醒来，倚着门框痛哭半晌，声称要与何惠娟断绝母女关系。

过年，何惠娟领着闵学智回娘家。汪小凤仍怒气未消，将小两口扛过来的一篮子馓子扔出门外。骂几句，不解气，又上前踩踏至碎。

儿子长到五岁，闵学智将汪小凤接到中学同住。汪小凤的关节炎、哮喘加重，但戾气锐减，见到女婿开始有慈爱之色。

其时，教师工资时有拖欠。闵学智的民师工资也几近于无，偶尔买块豆腐就算改善生活。好在双方都是农民出身，家里还有地，粮食断不了。但一家四口，吃喝拉撒，孩子上学，人来客往，渐有压力。闵学智思虑再三，决定放弃民师待遇，下海经商。他买了辆红色昌河车，县城乡镇两头跑，做起包车生意。闵学智手大，又能说会道，很快便左右逢源。闵家餐桌上从此鸡鱼不断，汪小凤嫌麻烦，提醒女婿可以多打点排骨牛肉。外人面前也不顾忌，夸女婿大气，顾家，有本事……闵学智听到，一旁偷笑。

又二年，闵学智找亲戚朋友担保借钱换了辆桑塔纳。家里装了电话，腰里别上了传呼机，出来进去俨然老板派头。不料，一年未满，闵学智突然从县城消失。讨债的频繁上门，何惠娟千般解释，后来干脆将离婚证复印件贴在门上。

闵学智去了深圳。这个城市他不陌生，第一次民师招转的时事题中就有四个经济特区名字的填空。闵学智只填对了深圳，另外三个他一点儿都没印象。

他自恃起点比一般打工者高，应聘的都是助理或经理职位。又三年，认识四川姑娘曹波。曹波二十一岁，正是闵学智第一次见到何惠娟的年龄。她没有何惠娟丰腴，但在外打工四年，明显比何惠娟活泛，知道利用自己的优势。闵学智安排她做最轻的活儿，拿加班工资。有次夜班，闵学智将她挤到卫生间的墙上……

我忍了她多少年，现在好了，有了曹波，我的人生才算开始，闵学智跟老家来参加婚礼的朋友说。众人背后为此辩了若干年，有人说闵学智指的是汪小凤，也有人说是何惠娟。

闵学智与曹波的"人生"也不过十几年。女儿上高中那年，曹波与他离婚，回了四川。之后，又陆续有过几个女人，都没长久，短则十几天，长不过半年。但凡年长一点儿的女性，都是脚踏实地之人，闵学智没车没房，又无一技之长，如何立身？女人走马灯似的换，钱总是不够用，东挪西借，见人就开口，朋友亲戚躲瘟神一般躲他。有债主介绍他生产手机充电宝，这东西不用多大厂房，技术含量又低。做了两个月，利润惊人。闵学智知道如何花钱，充电宝反正也便宜，到处送人。邻居、亲戚都成了他的客户，替他销售。为降低成本，闵学智还大量招收假期来打短工的学生。不想，一初二女生操作不当，电池爆炸，炸掉其一截指头。家长闹上门，索赔五十万。闵学智知是讹诈，想再玩金蝉脱壳，不料对方步步紧随。无奈之下，还价五万，发誓赌咒说这是他全部的积蓄。僵持了几天，政府也来做说客，说女孩虽然指头接上了，但灵活性不如从前，大小也算残疾，督促闵学智拿钱消灾。你来我往，最后以八万元了结。工商局随后赶到，查封了闵学智的三无工厂，并处罚款若干。闵学智瞬间又回到解放前。

祸不单行。闵学智接到老家消息，何惠娟病危。他凑了一万块钱回去。何惠娟按老家风俗已被挪到地上，目光呆滞，一口一口朝外出气。闵学智接住她一只手，握住。惠娟，是我……一屋人，静悄悄地，看着他们。十几分钟后，何惠娟吐出最后一口气。

出殡前最后一夜，闵学智和儿子守着。儿子说，我妈早就不行了。我姥说，她是在等你，让我给你打电话。闵学智喉咙像被什么堵着，说不出话。他站起来，跪到棺材前又烧了几页纸。儿子像是发现了新大陆，爸，你也有白头发了⋯⋯

这一年，闵学智六十岁，鬓角灰白，眉毛疏淡，踽踽有老态。罗锅腰亦愈来愈明显。

上门女婿

胡仁义兄弟四个，大哥二哥结婚耗尽了全家的心血。轮到三哥，门庭冷落，只好远走他乡，出去打工。胡仁义那时候还在上小学，路过的算命先生说他命里不缺钱。胡家人为之一振，村里人也奔走相告，虽是当笑话讲，但也有半信半疑的。

初中没上完，胡仁义辍学当了油漆工。油漆工作的第一步就是调色，红色加黄色变橙色，黄色加蓝色变绿色，红色加蓝色变紫色……像变魔术，胡仁义喜欢这活儿。年余，一眼便能看出客户要求的颜色是由哪几种单色组成的，各单色的比例大致多少。师傅自愧不如，不敢再把他当学徒，挣的钱两人平分。

香港回归那年，胡仁义攒了一万多块钱，只身去南方找三哥。三哥出去五年，一直没跟家里联系。在深圳跑了一个多星期，听人说高垾那儿老家人多，胡仁义连夜赶过去。三哥刚刚在一家鞋厂包了个饭堂，不联系是因为没挣到钱。三哥介绍他进厂打工，既然来了，至少得挣个路费再回去。

调色也是鞋子生产的一道重要工序，属技术工，月薪是普通工人的二倍。做够一月，胡仁义要走，老板以为他嫌工资低，又加了三百。逾二年，胡仁义的"魔术"已玩得娴熟，参加东莞市鞋业协会的职工技术比赛，四个小时内，他按国际色卡调出十六种颜色，排名第七，被深圳一家鞋厂挖走，升为线长。

　　追邓娟花了三个月。她是厂花，细皮嫩肉，身材凹凸有致。起先看不上胡仁义，嫌他黑嫌他瘦嫌他眼睛太小——他身上几乎没一处她能看得上。胡仁义不气馁，死缠硬磨，送花送蛋糕送自己特制的鞋，直至邓娟缴械投降。邓娟有个条件，结婚后胡仁义须跟她住在娘家——邓娟家里四姊妹，她最小，父母想招个女婿上门养老。胡仁义诺诺，反正他弟兄多，不在乎少他一个。

　　婚后第一年，胡仁义要带媳妇回家过年，邓娟半开玩笑半认真地说，你嫁到我们邓家，户口都迁过来了，你说你的家在哪儿？

　　岳父母住在庄子最北头，屋后就是空地，机器犁过，还没耙碎——这儿的人懒，收罢稻子不愿再种一季冬小麦——远远看过去，像老男人躺在那儿，露出瘦骨嶙峋的肋骨。房子是新建的，外墙上刷着标语：劳力流出去，财富带回来。三间平房，倒也宽敞。胡仁义他们住西屋，墙上都是小两口的结婚照。他心里有点儿凄惶，觉得这新房本来应该设在他父母家的，现在却改到岳父母家。逮住机会就跟邓娟抱怨，爸妈起床太早，还用平常音量讲话不说，开门关门也不当心，咣咣当当的，一点儿都不替别人着想。邓娟白他一眼，你家不一样？胡仁义想想也是，农村哪家不是这样？

村里倒是热闹，左一堆右一堆，不是打牌就是吹牛。胡仁义不认识人家，插不进去，转了一圈又讪讪回去。左右都是无聊，随手抓了把米撒到地上，学着岳母"咕咕咕"地唤鸡回笼。鸡们也不配合他，反倒在当院里惊惶四顾。胡仁义骂它们势利眼，欺侮他是外人。他问邓娟，这些，不是你们家的？岳母在一旁听到，沉下脸，这孩子，什么你家我家，咱家！

吃罢年夜饭，外面仍在噼啪作响，一家人围着电视看春晚。胡仁义犹豫良久，才说出新年打算——他准备辞职，自己开厂。岳父母眼睛从电视里拔出来，对视一眼，说不好吧，要是赔了，我们拿什么还债？这房子虽说值两个钱，现在还欠着你舅你姑父一大笔债呢……邓娟说好要在父母面前支持他的，临了却变节，劝他别乱折腾了，你的工资比我多三倍，还不满足？岳父吐口痰，用脚划拉干净，说咱老百姓，图的就是安稳。两相无话，胡仁义装着被电视里穿着白大褂的赵本山吸引，其实心里已拿定主意。

先开的是鞋厂，效益出奇得好，一个月能有几十万的收入，差的时候也有几万。最多的时候，胡仁义名下有三个厂——模具厂、印刷厂、鞋厂。

一儿一女都是岳父母起的名字，一个叫红旗，一个叫红玉。红旗上幼儿园那年，胡仁义发现作业本上写的是邓红旗，黯然半晌。邓娟翻出户口本，宽慰他，看，老二随你，叫胡红玉。

胡仁义从此不喜欢儿子，稍有不顺，便上前打骂。岳父母看不下，说他几句，胡仁义振振有词，不打不成才！棍棒底下出孝子！有次红旗不慎摔了一只碗，胡仁义巴掌一翻，就要出手，岳父抢上前，兜头一掌，替他打了。胡仁义知道那一掌轻飘飘的，只是个样子，也不好再论争，悻悻瞪了儿子一眼算是了事。

谁也不知道胡仁义什么时候开始赌博的，就像谁也不知道他怎么练就了一副调色的本事一样。开始时只是他们三个合伙人赌，闲得无聊了，十点半、炸金花、斗地主、买六合彩……赌注越来越大，还嫌不够专业，又跑到澳门。胡仁义一直没忘那个算命先生说过的话，他命里不缺钱——什么叫不缺钱？用不完花不尽才叫不缺。开工厂肯定不是他发财的命，太慢，他的命应该就在赌上。邓娟管不了他，挤出钱，偷偷买了套房子。胡仁义装着不知，有次出去打牌，输多了，急得把房子也押了上去。

2013年，胡红玉也该上小学了，邓娟想回县城买套房子，把儿子女儿都送到县城上学。胡仁义手里没有一分钱，只剩下鞋厂的股份，换了二十万现金，岳父母又添了点儿，在县城买了处二手房。

折腾十年，胡仁义又成了打工仔。他赌性难改，工资全在邓娟手里攥着，只能用黑钱——他业务好，进哪个厂都有权开单买材料吃回扣。有一晚正在牌桌上鏖战，邓红旗打来电话，爸，我想改名字。

胡仁义问，为啥？

邓红旗说，人家都笑我。

红旗红旗，意思让你在前面像一杆旗一样。

你姓胡，我姓邓，人家说你……倒插门。

小孩子懂个屁！邓红旗把手里的牌扔到桌子上。倏而清醒过来，柔声哄道，改名字很难的，派出所我们没人。真想改，等你考上大学吧。

天命

李又春母亲怀他的时候反应强烈，喜欢吃辣，按农村的说法，这一切都是生女孩的征兆。出了娘胎，李又春却是个带把儿的，略谙人事的大姐忙不迭地去姜地给父亲报喜。李又春从娘肚子里出来就充满了变数。

高考落榜是情理中的事，李又春春心初动，高三那年开始与前桌女生热恋。还有一个重要原因是英语差，高考只考了二十一分。李又春想回乡当兵，考军校，或者弄个志愿兵名额——西庄的刘长礼初中还没毕业，志愿兵转业分到县城公路局。父亲不同意，刘长礼有后门，我们进了部队指望谁？

上学孩儿骨头懒，做不了活儿，李又春只得去村小学当代课教师。未几，又传来好消息，县里按高考分数招录十名代课教师。李又春赶到教育局一查分数册，泄了气——排在他前面不到高招录取线的一共二十六人。父亲把亲戚朋友数了一遍，只找到一个在城里贩姜的表叔，还表了几表，是李又春姑父表叔的侄女婿。

十月底，命运再次向他展露诡谲的一面，李又春收到通知他到县城医院体检的信，落款是县教育局。他以为是那个远房表亲起了作用，去了才知道，人家都想着复读考大学，谁还金贵这个代课教师？

李又春这名字就是这个时候改过来的，他原来叫李大军。

无论如何，李又春都没想到自己要教英语——乡中学急缺英语教师。李又春是新人，不敢分辩，也不好意思说自己英语不行。边学边教，一年下来，英语竟大有长进。再加上教师生活单调乏味，报酬又低，李又春心里再次唤起考大学的念头，请了半年病假，辗转到外县复读，最终考入师专。

三年后，李又春大学毕业，分配至县城职业高中任教，担任电脑班班主任。新生入学赶在夏杪秋初，班主任在大门内一字排开，收缴杂费，发书发本。有个女生明显发育成熟，却仍未穿胸罩，衣内鼓凸跳跃。李又春不忍直视，从此对尚敏留下印象，课堂上经常提问，课外也格外关注。期末考结束当晚，尚敏将自己的衣被书籍打包扛到李又春办公室。年关将近，办公室空无一人。李又春与尚敏闲聊，说东说西，不觉天已暮黑，起身要去开灯，被尚敏阻止。李老师——

其实李又春早已察觉尚敏的心绪，他装着不知情，尚敏，想说什么只管说，我能理解。

你，尚敏改了称呼，我……

有老师回来取东西，两人心虚，匆匆结束交流。临走，李又春悄声说，我知道你不习惯说，有什么想法就写出来吧。

　　第二天早起，李又春门缝里塞进来一封信，全篇都是少女懵懂的纯真。

　　高一未上完，尚敏怀孕。两个人又惊又怕，搜索所有资源，最终确定医生和医院。尚敏父母不知从哪里得到消息，手术前一晚杀入学校。李又春其时刚从厕所出来，同事过来劝其暂避，学生父母来势凶猛，恐有不测。

　　李又春在乡下同学处躲了两日。学校与尚敏都退居世界背面，李又春有更多时间与自己对话。倘若尚敏父母紧追不舍，李又春极有可能被送进监狱，也会被开除公职。越想越怕，李又春不敢再回学校，索性一走了之。

　　再见尚敏，是在深圳，时间过了十年。李又春开着一辆二手别克，远远看见路边卖苹果的女人像尚敏，但又不确定。第二天专程过去，停车，买苹果。尚敏慌不迭地称好，将苹果从车窗外递进去。李又春犹豫再三，还是轻声叫了一声她的名字。尚敏回过头，捏着那张百元钞票钉在那儿。

　　两人自然都有自己的故事。李又春被迫远走深圳后，先进了一家鞋厂，做行政。其间因为与总经理助理抢一个女孩子，负气出来自己开了一家皮包公司。两年前结婚，老婆葛静，东北人。儿子刚满百天，夫妻俩还处在蜜月期。尚敏呢，回乡后胡乱找个人结了婚，两个儿子一个八岁，一个三岁。李又春还算念旧，委婉接济尚敏，要她到他公司跑业务。尚敏不敢接受，当年他们闹得惊天动地，老公早知道李又春的大名。

年终，李又春夫妇陪客户一家去东南亚，回来时李又春给尚敏也捎了礼物。葛静本来就怀疑李又春花心，发现箱子里还有一个一模一样的金首饰，问他怎么回事，李又春一口咬定是客户给自己的相好买的，怕老婆发现，藏在李又春的包里。葛静装着相信，第二天却将电话直接打给客户，问对方是否买有金饰藏在他们这里。客户明知李又春受到老婆怀疑，想替他背锅，无奈讲不出饰品的样式。夫妻俩因此大闹一场，葛静心里稍感宽慰的是，李又春给尚敏的那个要轻得多。

尚敏快四十岁时回了老家，在村头经营超市。一是婆婆年岁已大，无力照护两个孙子，二是对李又春亦渐渐失望——除了她，李又春还有很多暧昧的女朋友。李又春并不讳言，男人就要不断地换女人，才有精神在商场驰骋。

2017年春，葛静趁李又春喝醉，拖着他的手摁在手机上，解开指纹锁。微信上有六个女人明显与李又春有私情，其中一个好像还是在校大学生。葛静一夜没睡，不是在生气，是在考虑要带走什么。三天后，葛静带着两个孩子不辞而别，回了东北。桌子上留下一封信，要求离婚。深圳的房子归李又春，她只要五百万作为孩子的抚养费。

年底，李又春的手机突然无法接通。葛静问了老家商会的一个熟人，说是李又春犯事了。犯了什么事，对方语焉不详。葛静有些担心，买了第二天的机票直奔深圳。毕竟，李又春还是自己孩子的父亲。

李又春因伤害罪被起诉。他在高尔夫球场打伤了一个球童，对方背着他还与其他男人交好。葛静总共在深圳待了不到十二小时，当晚又乘飞机回了东北，原本打算顺便与两个好姐妹见面的计划也取消了。

这一年，李又春五十岁。人都说五十而知天命，葛静在飞机上想，李又春不知道自己的命，他以为自己的未来充满了一个又一个春天。

转折

蒋新娟年轻时是陡沟街上出了名的人尖子——那时候还没有美女这个说法。没人敢追她，是她主动向宋志诚示好的。宋志诚年少英俊，但蒋新娟也不否认吸引她的还有他的光明前途——商品粮户口，部队转业即分到供销社。彼时，宋志诚像鼓起风帆的船，目的地是供销社大门前的光荣榜——争取年年能被评为优秀员工。

两年后，席卷全国的下岗潮波及县城，宋志诚失业。有半年时间，他昼伏夜出，不敢见人。起心去深圳，是想远离熟人。蒋新娟没拦他，搂着儿子提前拍了张周岁照，夹到他钱包里。

宋志诚没有进厂，被人介绍到正准备开业的中原经营部。他有经验，很快成为中原经营部第十六位合资人。宋志诚负责业务，在外找货源，采购产品。有人找上门，问他们能否提供一千二百吨鸡蛋。经营部根本没那么大的供货方，但又不想放弃每斤五分钱的提成，满口答应下来。宋志诚背着二十万元采购费，风尘仆仆地赶到河北正定——那里有全国最大的禽蛋交易市场。他找到当地贩卖鸡蛋的商人，一箱返还给他们一元钱。最终，宋志诚一个人就收购了九百三十六吨鸡蛋。但运送的过程让他吃尽了苦头。那时候，货车不像现在这么多，加之宋志诚又心细，怕出现问题，亲自押车。整整二十六天，吃喝拉撒睡，宋志诚把家都安在了大货车上。

为了给公司新进的一批泰国米找客户，宋志诚和另一个同事到了汕头。两个人都没去过汕头，对当地市场并不熟悉，只能一个市场一个市场地找，挨家挨户地问。跑到第五天，同事实在坚持不下去了，撤回深圳。宋志诚兜里只剩下七块钱，但他相信汕头肯定有大的经销商。最终，他找到了屈老板。屈老板的销售门面并不大，很容易被忽略。为了节约成本，他把仓库设在了山里面。汕头的市场打开之后，宋志诚创造了一个月卖掉一百吨泰国米的销售纪录。

宋志诚拿的是绩效工资，每个月近千元，是他在老家上班时的十倍，也是经营部里工资最高的员工。

儿子四岁时，蒋新娟把儿子撇给公公婆婆，来深圳与宋志诚会合。他们在坪山开了一家属于自己的粮油小店，蒋新娟守店，宋志诚在外跑业务。由于资金有限，租下店面后，手里只剩下一千八百元。朋友送了一张床板给他，晚上夫妻俩将就着挤在那狭小的床板上睡觉。为了省下买菜的钱，大部分时间他们都吃面条。偶尔吃顿米，还是从地上扫起来的。熬了两个月，宋志诚怕蒋新娟跟着受苦，劝她回老家，蒋新娟不同意——宋志诚无论怎样她都乐意陪着。

坚持到十月份，资金实在周转不过来了，宋志诚硬着头皮回老家找朋友借了两万块钱，承诺三个月后一定归还。小店就此走出困境，生意渐渐好起来。三个月后，还上了借款，宋志诚还主动附上一千块钱利息作为酬谢。

宋志诚销售的是东北大米。他曾经在东北当过兵，知道东北大米口感好，销售前景好。他利用过去的人脉关系联系到了曾经与他合作过的屈老板，并且再次与他合作，每个月向三峡大坝在建工程输送六七十吨东北大米。同行发现他的秘密后开始跟风，宋志诚掉转车头，转而开发新的商品。一次与别人聊天，听说陕西汉中的米味道好，抱着尝一尝的心态，他买了几斤回去，果然名不虚传。当时市场几乎全部被东北米占领，陕西汉中米一经推出即迅速获得客户的青睐，销售量猛增。

2007 年，有人出十五万元的高价想买宋志诚粮油店的转让权，他没有同意。未几，却出人意料地免费转给了一个老乡——王莉。蒋新娟见过王莉，三十岁左右，正是好时候，她怀疑宋志诚对她有意，晚饭都没吃，就等着宋志诚回来对质。快十一点时，宋志诚推门进来。在廊灯的光照下，宋志诚头上的白发格外明显，身上是儿子换下来不要的衣服……蒋新娟鼻子一酸，气全消了。宋志诚后来解释说，那个出十五万的人没有经营头脑，他不放心把自己八年的劳动成果交到那样一个人手中。王莉好歹是自己的老乡，又能吃苦，他希望能借此帮助这个老乡渡过难关。最重要的是，当年他们最困难的时候，借给他们两万元钱的是王莉的父亲。

蒋新娟还是不放心，她不想自己的婚姻有任何闪失。半夜偷看宋志诚 QQ 里与王莉的聊天记录，确实有暧昧，但并不算多亲热。暑假，又安排刚上大一的儿子跟着宋志诚，名义上是让他参加社会实践，实际上是监督。

那一年，国家粮油大开放，宋志诚抓住时机在龙华的粮油市场租了一个更大的门面，成立志诚粮油销售公司。趁着油价上涨的大好趋势，再加上之前累积的客户资源，宋志诚的生意越做越好，越做越大。而且，还创造了自己独特的营销模式，配送。当时，全深圳的粮油店也只有他这一家负责配送。渐渐地，他成了深圳粮油商中响当当的人物。

宋志诚人生中的又一次转折，是因为王莉。王莉建议他关注电子商务，她敏锐地觉察到电子商务这种新兴营销模式的前景，相信电子商务很快将会主导整个销售市场。宋志诚接受了一家粮油销售商的邀请，同时聘请王莉负责公司电子商务这一块工作。

财务部的工作相对有序，蒋新娟不时会请王莉到外面吃午饭。王莉要是忙，蒋新娟还会打包给她带回公司。周末那两天，隔三岔五请王莉到家里吃饭，或者一起去美容、打羽毛球。两个女人成了忘年交，蒋新娟终于松下一口气——她相信王莉不会因为男人背叛好朋友。

"双 11"那天，宋志诚一夜未眠——公司销售再创新高，单日销售额达到六千万元。第二天上午，他回来兴奋地跟蒋新娟讲他的计划，他要把京东商城的旗舰店做大，等年销售额达到五个亿后，线下建一家自己的杂粮生产厂……他问蒋新娟有什么计划，蒋新娟笑而不语。

她早不担心宋志诚的生意了——农业在将来肯定还会有更大的发展空间——就像她第一次见宋志诚便断定他的前景广阔一样。蒋新娟担心他们的婚姻，她在扫描宋志诚身边的下一个可疑女性……

根

年轻的时候，田小雨的日子被打打杀杀充满。父亲崇尚棍棒教育，两句话未完，就开始大打出手。凶器是身边随手物品：树枝、棍棒，甚至铁锹……兄妹四人，田小雨最桀骜不驯，被打骂也最多。有一次父亲扔过来一只小板凳，他没来得及躲开，脚后跟一下子被砸开。

这样的经历给了田小雨一个错觉，世界就是如此，打杀是校正旁逸的有效法则。他并不是那种高大威猛的彪悍打手，但因为下手狠，在学校脱颖而出，周围很快啸聚了一帮俯首唯命的同党。放学回来，村里有人正在骂他母亲，田小雨装着没听到，侧着身子想溜过去。好心人唾他，小雨，人家在骂你妈啊！他还是不吭声，低头穿过人群，回家却从厨房拿了把菜刀别在腰里。对方没防护，躲闪不及，差一点儿劈掉耳朵。还有一次，他想放火烧了欺侮他们独门独户的邻居。父亲发现后，打了他一顿，赔了人家一千块钱——20世纪80年代末，一千块钱可不是一笔小钱。但从此，村里再没人敢欺侮他们。

田小雨说，可不是吓人的，他那时真有杀人的心。

被县城所有的初中开除一遍之后，他只得转到父亲河南老家的学校。入学不久，看到镇上有个流氓大白天摸人家妇女，他看不过，从背后把那人推倒，脚踩着那人的手，指着他另外两个兄弟，看哪个敢上！

那几年社会上乱，校园也不得太平，经常有小混混到学校找事，校长都不敢惹他们。一有小混混骚扰学校，老师们就把田小雨叫出来。

学校有个老教师说田小雨的爷爷当年是个二流子，不知道田小雨从哪里听到了，二话不说就回教室拿了条板凳腿出来，要劈人。老教师找他叔叔讲情，事情才罢。学校要开除他，把他叫到办公室。他去了，拿起桌上的订书机，朝手掌上咔地订了一下，血溅出老高。领导们都吓傻了，他趁机威胁，看谁敢开除我！我要是再被开除我爹肯定会打死我……

远离了父母，难免会有寄人篱下之感。婶子远远看到他过去，赶紧把好吃的收起来。有次爷爷奶奶出门串亲戚，他饿了一天，同院的叔叔婶婶视而不见。他装着若无其事的样子，撑着。经历了那么多的责骂、痛打、羞辱，他竟然还没有变成没有自尊心的无赖。每每回忆至此，他反复强调，谁也不怪，他那时真是个坏孩子，哪个父母不怕自己的孩子被他带坏？赶还赶不走，谁还有心去拢他。

跌跌撞撞地竟然进了高中。江山易改，禀性难移，田小雨在县城高中又一战成名。

　　学校简陋，厕所小，田小雨也跟其他男生一样，晚自习结束后站在外面小便。有人从后面踢了一下他的后腿弯，让开！是二年级几个体育生，平时骄横惯了。田小雨早有意会会他们，不声不响退到后面，故意将尿滋到一个体育生腿上。

　　田小雨打不过他们，但他不认输，打累了，就躺在地上歇一会儿，起来再打。体育生都是荷尔蒙过剩的家伙，正愁无处发泄……最后一次倒在地上，田小雨的力气耗光了，实在起不来了——要是他们不跑，也许他还能撑着起来。对手走了，周围死一般静，只有风掠过树叶的沙沙声。反正人已经跑了，他放松地躺着，仰面看天上的星星点点，越看越觉得诡谲。他觉得自己快死了，嘴里都是腥热的血，下巴颏可能被打穿了。但一点儿也不觉得痛，也不冷，直到东边开始发黄。天，终于亮了。

　　那一仗，田小雨可谓伤痕累累，嘴上缝了几针，头也破了，但他从此声名鹊起。有不认识的同学受了欺侮也来找他求救。田小雨基本上是来者不拒，包括外校的。人家在校门口向他指认"仇家"，他尾随其后，趁其不备，一棍将人打下自行车。

　　迷上台球，是因为他喜欢看台球被撞击后在桌上惊慌失措乱窜的样子。多少年后，田小雨在电视上看到斯诺克比赛，选手们穿着西装马甲白衬衫，无论如何也无法与他穿着汗衫在风尘滚滚的街头玩的台球联系到一起。有很长一段时间，田小雨都是与他那些无所事事的"不良少年"趴在露天的台球桌上度过的，找角度，下杆。很快，他的技术已经能在小县城称霸。

还是无聊。真正的男人，似乎应该浪迹天涯。正好，朋友搞了一个歌舞团，田小雨果断放弃学业，开始流浪。那是1992年，他高二。

几个月后，田小雨被父亲找回湖南。家人对他已无奢望，别添乱就好。母亲恳求他争口气，出去找个工作，好好混，不为别的，为她也好。

为筹路费，田小雨硬着头皮出去借钱，几个舅舅都说没有——有个舅舅明显刚卖了头猪。母亲现场说法，看，你老这样混，连亲舅都不敢借钱给你！母亲提前替他写了张欠条，才算借到三百块钱。

田小雨在深圳一家电子厂找到一份工作。第一个月二百七十元工资，他又借了三十元，凑够三百寄还给舅舅。

在深圳一待就是五年，第五年的国庆节他才回老家。那天下着小雨——跟他走的时候一样——雨不大，不紧不慢，落在他回家的路上。水塘边一个钓鱼的，那人好像五年前就在那儿，一直都没有挪过地方。他没认出是谁，人家穿着雨衣。对方肯定也没认出他，他以前留着标志性的长发，头发盖着耳朵。那时候他觉得头发是一种符号，承载着他的思想、他的叛逆。现在当然不这么想了，头发如此细微，哪能承载得了那么多的意义？他现在留的是板寸，方便打理。终于看到自己的家了，孤零零的，在村子最西头，被水塘隔开。就在那一瞬间，田小雨突然放下了对父亲的怨恨——那几间孤零零的小房子谁说不是他父亲的人生？祖父是地主，成分高，父亲为生计，青年时期就出外放蜂，从河南到湖南，颠沛流离，最终在一个举目无亲的小山村定居下来，生活的压力可想而知。再加上孩子在外惹事，打骂便成为他唯一的宣泄方式，打不到他们便打老婆。

村里有人问他一个月能挣多少，他说两千五，管吃住。人家不信，就他那样，能挣两千五，还管吃住？骗谁啊。其实，他还说少了，他那时已经是主管，每月收入近万元。

2001 年，他手里已存下一百万，想出去开厂，母亲不让，说你现在这么挣钱，还不满足啊？父亲更反对，你去开厂，到时候又让人家堵到家门口要债？

又过了两年，他还是不死心，回去给了父亲一张卡，里面存了二十万的养老钱。给母亲六万，零花钱。心想，即使我开厂赔了，我这个儿子也算尽了孝心。

厂子运转起来，第一个月就赚了两万多——一般开厂头两年很难赚到钱。这样的开始，让他更加坚定自己的信念，遇到需要他点头哈腰的客户，坚决不做。我什么时候低过头啊？这是田小雨最为骄傲的地方。

有了高铁，深圳到岳阳也就几个小时，田小雨基本上每月都要回去看看。虽然在深圳有房子、车子、工厂，年成好时甚至能赚一千多万，但他还是感觉像在漂着，没有根。他回老家包下了一座小山，倚着水，还建了房子修了路。他的根不在深圳，在岳阳。

小民与泽民

周泽民这名字是他回老家补办身份证时改过来的。户籍警是他初中同学，随口问，还叫小民？他嗯了一声，才觉得小民这名字确实有问题，小民小民，注定成不了大事。就问，能改不？同学点点头，可以。

周小民随手翻了翻柜台上的报纸，问，周泽民中不？同学意识过来，笑，可以啊。一屋人都笑，周小民的野心第一次被放大。再说了，小民变成泽民，不就一个字的差别嘛。

周泽民从小就坚信自己不是小民。十七岁跟人家到深圳打工，头十几天没找到工作，钱花完了，只能出来找河沟或老坟岗过夜。好不容易找到一份工作，老板说打就打，说骂就骂。挨到秋季，听说老家开始征兵，果断辞了工作，要回家当兵。

父亲不同意，你初中都没毕业，去部队又考不上军校，去干吗？周小民讪讪低下头，兴许能熬上志愿兵呢。父亲喊了一声，你以为那志愿兵都是白来的？咱这个家可没有那个能力。周小民肿了嘴，说不出当兵还有什么好。父亲替他说，过去当兵回来还能当个村干部，现在门儿都没有。周小民不想放弃，去部队锻炼锻炼也好。锻炼什么？父亲问，去打工不是锻炼？你算过没有，打三年工能挣多少钱？

不用算，小学生都清楚。但周小民还是低声嘟囔了一句，打工打工，打工的人有啥尊严？父亲没听清，问他啥严。周小民知道再说下去也没什么用，憋了回去。父亲追着劝，咱去给人家打工，挣人家的钱，管它啥严不严的……

周小民重新回到南方，想着换个地方或许会好些，就从淡水转到深圳。第一份工作是给布套色，推板印。那板印既大又沉，推一天回去连爬楼的劲都没了。最重要的是，这工作一点儿技术含量也没有，推过来推过去，推一辈子也不会推出什么出息来。春节放假，周小民又辞了工作，想在老家先学一门技术再出来。父母不愿给他出学费，村里比他小的孩子都能打工补贴家里了，他还要花家里的钱。周小民铁了心，死缠硬磨，许诺说只要给他学费，娶老婆盖房子的事将来绝不让他们再操心。父母动了心，娶个媳妇再不济也得一万块钱，上技校也就两千块，万一真成了呢？

技校有很多专业，人家见他犹豫，派了两个老学员来做他的工作。一个说学厨艺好，风刮不着太阳晒不着，还有好吃好喝的，稳定。另一个是理发师，说学理发更安稳，工作环境也好，每天打理的都是人家最尊贵的地方……老学员不知道他不喜欢四平八稳的工作，劝了半天也没劝动。第二天，他在外面转了一圈，最后决定去驾校。开车虽危险，但机会多。

1995 年，周小民应聘到一个台湾老板那儿，月薪六百。起初只想练练手，工资多少无所谓。月底发工资，老板竟给他开了一千，说他有眼色，值这个价。干了一年，他还是辞了职，花近两万元买了辆小货车，给人送货，自己当老板——这才是他学车的目的。老板见周小民有志气，照顾他，宁愿等两天也要把活计留给周小民做。

三年之后，周小民手里积了些钱，看到身边搞印刷的朋友买了房骑上了摩托车，他拿出全部家当也搞了个印刷厂。然而，周泽民这个名字并没有马上给他带来好运，印刷厂运转不到两年，关了门，十二万投资只剩下四万。

之后他又做了几年化工原料生意，到 2004 年，手里已经存有五六十万。周泽民决定买地建房，一是自己住，省下房租开支这一项；二还可以租赁，一年到头都有固定收入。房子建到两层，运气赶来。一安徽朋友给他介绍了一个开化工厂的香港客户，说如果能给这个化工厂供货，一年赚四五十万很轻松。周泽民信以为真，一下子送了十几公斤样品过去。要知道，其他供货商送样品都是一两公斤。周泽民的慷慨一下子博得了香港老板的信任，成为他新的供货商。不过根本没有安徽朋友说的那么夸张，一年也就十几万的利润而已。但人家香港老板让他帮忙处理清走的五十吨边角料，意外让周泽民获得了二百多万的红利。原计划三层的房子增加到七层。

2008 年,《劳动合同法》颁布,深圳到处都有工人罢工,香港老板因此补了五千多万工资出来,工厂关门。周泽民又开始寻找新的客户,老婆劝他收手,你初中都没毕业,现在手里都上千万了,还不满足?

周泽民说她娘们儿志短,人家深圳这么多亿万富翁也没见都歇着。我才三十多岁,不再折腾几年对得起这个名字?

老婆劝阻不了,知道他是个有野心的人。你给我们娘儿三个留五百万生活费,剩下的随便你扑腾。

北京奥运会之后,周泽民跑到内蒙古给煤矿挖土方。奔波了一年,还没看到希望,又转到新疆,承包了四百亩枣园。枣园需要打枣工人,还需要营销人员、技术人员,周泽民缺少这方面的管理经验,顾此失彼。老婆过来探班,看他不停地接打电话,语气恳切,就差乞求了,知道情况不妙,劝他收手。天远不养人,我爸好说这句话。周泽民不愿相信,还想再撑两年看看,深圳离我们老家这么远不也养了我们?老话都是老时代的经验,不灵光了。老婆说,新疆跟深圳不一样,你在深圳待了多少年?前面有内蒙古的教训,你还不听。周泽民心有所动,说服老婆再让他坚持一年,就一年。

一年之后,周泽民忍痛割爱,果断切掉了那片枣园,回到深圳。

深圳送给他的见面礼是房价的翻倍疯涨,二百二十万买进的一栋小楼卖了九百八十万。这笔投资是周泽民瞒着老婆签下的——他知道老婆不舍得投资，怕钱没了，签了合同周泽民才通知她去付款。木已成舟，无非吵骂一场，周泽民早有思想准备。如今翻了这么多，之前挖土方包枣园进去的钱与此相比完全可以忽略不计。老婆转怒为喜，还没来得及庆祝，又传来深圳开始大规模旧城改造的消息。周泽民后悔不已，才两天工夫，那栋小楼就蒸发掉四千多万。

不过，周泽民名下还有两栋楼房。十年前建成的那栋七层楼房也在改造范围，除了十五套期房，政府还额外补偿了他二千多万现金。有人替他算了一笔账，不算钱，那十五套房子就已经使周泽民轻松跻身于亿万富翁的行列。周泽民跟所有深圳人一样，后悔没有在房产方面投入更多一些——他只用了自己全部资金的四分之一投资房产。还剩下一栋七八百平方的小楼，周泽民不打算再卖，准备留给子孙。

年底，周泽民买了大奔，他想回老家庆贺一番。赶到家已是晚上九点，村子在大奔的远光灯中黢黑一团，静悄悄地，像一幅素描。无人喝彩，周泽民有些失落，老家真是穷乡僻壤啊，不要说什么大人物，连狗都没有几条会叫的……

新的一天

罗浩然在学校平平常常，没得过一张奖状，没戴过红领巾。他因此不太喜欢老师，也不太喜欢学校。上学的路笔直，罗浩然不走大道，偏要穿过两个村庄，左拐右弯，巴不得迷路。可是，条条小路通学校，兜兜转转，每次都能按时到达。到了高中，全班只有四个人没有入团，罗浩然又是其中之一。不是成绩问题——比他差的人都入了——是他"思想消沉，缺少年轻人的朝气"。高三开学，他被班主任挑去挖菜地，沾沾自喜，以为终于引得老师偏爱，无意中却听到两个老师的对话，"反正罗浩然也考不上学"，从此发奋学习，第二年竟然考入洛阳医专。

工作第三年，教育卫生系统搞改革，所有基层副职竞聘上岗。老婆撺掇罗浩然上，帮他准备好演讲稿。罗浩然看罢，自己都讶然，他有过那么多骄人成绩？竞聘那天，罗浩然没摆自己的成绩，也没谈自己的打算，讲的都是他对基层卫生院定位的认识。又三年，罗浩然二十七岁，成为全县最年轻的乡镇卫生院院长。另一副院长王景天不服气，表面上服从领导，暗地里撺掇老医生起哄，他自己则四处散发匿名信，罗列罗浩然十大罪状，比如偷看女病人身体等。差不多有一年时间，罗浩然都在应付调查，精力全投入到与专业无关的事情上，甚是烦恼。正好那一段时间教师、医生跳出体制到南方发展的比较多，罗浩然为求稳妥，请假说去省城学习半年，老婆仍留在医院上班。

到龙岗当天，罗浩然就找到工作，一个卫生所，每月六百元——这个工资是他在老家的三倍还多。但晚上细想，除去租房吃饭，哪还有结余？第二天又去人才市场，有家药店看到他的毕业证和论文，当即与他签下用工协议，包吃住，每月一千元。打电话回去报告喜讯，老婆说卫生局听到风声，让她劝罗浩然回来，好好的铁饭碗不要，跑深圳去卖命，老了谁管你？人家出去都是因为在家里混不下去了，他前途正好，可不能辜负了……

翌年，罗浩然的工资又加到一千五百元，心里愈加踏实，养老还远着哩，还是现在把钱挣到手踏实。罗浩然让老婆把手里的事处理好，也过来。深圳其时百废待兴，街道需要卫生所，罗浩然的老婆便以街道的名义开了一家，收入都是他们自己的。

生意好，罗浩然夫妇根本顾不过来，只好又请了两个护士和一个医师。还没到新千年，他们就积累下近百万资产。钱太多，四处找投资，正好有同学想找人合伙买下比亚迪附近的一块地，起一幢四层小楼，将来收租。

2008 年秋，深圳气候异常，一个多月未见雨水。听说王景天来龙岗参加医疗器械博览会，罗浩然假装不知，小心避开老乡的饭局。他知道王景天现在是县卫生局副局长，但他不想跟官员打交道，尤其是王景天。王景天没有给他打电话，发了个短信，说明天就要回去了，想见个面叙叙旧。罗浩然脸皮薄，不好拒绝，定好酒店，约了几个陪客。

酒店在龙城大道边上，挨着地铁口。不算太好，但也不差，足够匹配王景天的身份。罗浩然先到，与几个陪客斗地主。王景天那边的人也陆续赶来，牌桌上不断换人。王景天最后到，众人均起身相迎。罗浩然从人缝里看到他，头发少了，肚腩大了，一副标准的官员模样。寒暄完毕，早有一乡镇卫生院院长让出位置给王景天，面前留下一摞红票子。

牌桌上有人暗里顺着王景天出牌，罗浩然觉得无趣，也想让出位置，终觉不妥。熬到上菜，王景天作势将钱物归原主，对方坚辞不受，谎称都是赢来的——他赢的少，王局长赢的多，合在一起买酒喝。罗浩然装着不知，转身进了厕所。

之后，王景天与罗浩然往来开始密切。

那一年，罗浩然将药店承包出去，关了印刷厂，专心做卫生所。他不是贪妄之人，手里的钱两辈子都花不完，何必委屈自己？印刷厂的机器悉数廉价转让给李争——李争是他表侄女婿，印刷厂以前一直是他在管理。但最近一年订单锐减，难以维持。老婆怀疑李争做了手脚，那么红火的印刷厂，怎么会突然就不行了？还有，李争凭什么能在深圳买房开厂？罗浩然劝老婆，这几年网络确实对传统印刷业冲击得厉害，再加上亚洲金融危机，关门也在情理之中。你在深圳十几年了，应该清楚，深圳这样传奇的城市，什么事儿不会发生？

罗浩然上午去卫生所坐诊，夜半方归。卫生所是一个信息量很大的地方，未几，他又开始炒房。

逾数年，王景天被查。过程有点儿传奇，说是饭桌上有人开玩笑，王局长当心纪检委。说者无心，王景天却有意，第二天就差人去打听。当然是没有影儿的事儿。但有领导听说了，说这个王景天说不定真有什么事儿，查查看吧。上上下下，也没查出什么子丑寅卯。最后说，叫过来谈谈话。王景天心里早已失守，进门就招了。贪污一百多万，十万元的器械他敢要一百万的发票……

罗浩然也被叫去问话。但他只是供货商，还是王景天主动找上门的，一切按合同行事，不负什么责任。

王景天出狱，电话联系罗浩然，想到南方找个活儿干。罗浩然爽声答应，在深圳还怕找不到工作？老婆知道后，坚决不答应让王景天在他们自己的药店或卫生所干，王景天品质不好，你嫌他还没折腾够你？罗浩然笑，他相信苦尽甘来，物极必反，王景天受了这么大的打击，还不警醒？

王景天的火车凌晨五点到，罗浩然派了司机去接站。到了点儿醒来，想想似有不妥，又匆忙穿上衣服赶过去。还

好，火车晚点一个多小时。那是深圳最冷的冬天，西站条件
不好，罗浩然在外面不停走动。凌晨的深圳西站，出站的人
匆忙散去，接站的百无聊赖，四处晃悠。罗浩然好久没起过
这么早，没想到深圳的早晨这么冷清。未几，东方晨光微
露，朝霞渐红，太阳像一只大黄鸭，蹦了一下，又蹦一下，
从楼丛中伸出头。深圳新的一天，就此开始。

没有吉他，钱再多有什么意思

1995 年元旦节，班里正开晚会，体育老师被班主任拉进来，手里提着一把吉他。大家鼓掌起哄，体育老师一屁股坐到进门的桌子上，试了试音，开始唱《同桌的你》。那是那次晚会的高潮。"谁娶了多愁善感的你，谁安慰爱哭的你……"体育老师壮实的身体突然柔软起来，连眼睛都能化人。同学纵情鼓掌，尤其是女生，疯了一般。

那之后，肖劲东老是幻想自己是体育老师，坐在舞台边上，或者楼梯台阶上，一副吊儿郎当的样子，也不看观众，顾自轻拨吉他。他想学吉他，缠了体育老师近一个月，终于如愿。

高考落榜，肖劲东跟人南下深圳，进了龙岗一家鞋厂。第一个月工资就买了一把吉他，但很少有机会练，工作跟打仗似的，连上厕所都要计时。厂子很大，几万人，像一个小镇。培训班也多，肖劲东学了一年电脑，继而又转学英语，反正精力旺盛，必须得找个事儿做。最想报的是吉他班，却找不到。那时候，"大家乐"很受欢迎，交几块钱就可以上台唱一曲。舞台很简单，两个大音响立在左右两边。肖劲东第一次上台，没有用人家的伴奏。他准备坐在舞台边上，双腿悬空呈慵懒姿态——想起来就迷人。可工作人员不许，怕他摔下去。肖劲东怏怏起身，低头拨弦，轻声吟唱，"三月里的小雨，淅沥沥沥沥沥淅沥沥沥下个不停……"

工作之余，肖劲东背着吉他不停地去赶附近工厂的"大家乐"，一时远近闻名。咖啡厂吴英因此喜欢上他，情书里都带着咖啡的香味。寒假前，鞋厂领导邀肖劲东除夕当天为工人表演，他想都没想就答应了。原定于腊月二十六举行的婚礼不得不推迟，吴英与其大吵一架。终于熬到除夕，临时装饰一新的食堂座无虚席。说是抽奖，其实人人有份，奖品为牙刷、牙膏、浴巾、太阳镜、收音机、戒指、传呼机。肖劲东随手抽了一张，旁边的人惊呼，啊，项链！肖劲东并不激动，将奖品随手塞进裤兜，又琢磨起自己的上台方式。

肖劲东不食人间烟火，一直不加班，有空就玩吉他，工资几乎全厂最低。未及一年，咖啡厂搬到东莞，吴英趁机与肖劲东谈判，是要吉他还是要家？

肖劲东心想，当初你爱上我还不是因为吉他？今天非要我二选一。嘴上却说，当然要家。

吴英趁机教训他，你说那吉他是能挡渴还是挡饿?!

肖劲东不语，做忏悔状。

吴英仍不满意，你得有个态度。

肖劲东想了想，起身拿过吉他，啪的一声摔到她面前的地上。这个态度，你满意不？

肖劲东离开鞋厂，到坪山一家小工厂做丝印，十元一天，加班每小时两块钱。又一年，女儿出生，吴英搬来坪山，一家人重新团聚。

此后，肖劲东做过塑胶模具、碎纸机，为 MP3 电子厂跑过业务。最好的时候，一个月能拿六千元。深圳举办世界大学生运动会那年，肖劲东进了比亚迪厂，做汽车外壳。因为认真勤快，翌年升为线长，负责一条生产线的工作。

比亚迪二十周年厂庆，分厂办公室主任找到肖劲东。我们厂送上去的节目大多都被毙了，听人说你会弹吉他，搞一个自弹自唱节目吧。肖劲东说我都十几年没摸吉他了，弹什么啊。主任嘱他抽空到六角大楼活动室练习，你有基础，一摸就熟了。

肖劲东的节目是男女对唱，《想把我唱给你听》，第二个上场。与刚刚结束的第一个热闹歌舞相比，吉他弹唱格外安静。音乐轻声响起，追光灯渐亮，照向侧身坐在舞台中间独凳上的肖劲东。女声是公司财务部的许小敏，背靠着他，像一对情侣。"想把我唱给你听，趁现在年少如花，花儿尽情地开吧，装点你的岁月我的枝桠。"到了副歌部分，肖劲东依然是那种低沉述说式的嗓音，"我把我唱给你听，把你纯真无邪的笑容给我吧，我们应该有快乐的幸福的晴朗的时光。我把我唱给你听，用我炙热的感情感动你好吗？岁月是值得怀念的留恋的害羞的红色脸庞……"谢幕时，许小敏一反排练时的拘谨，主动拉住肖劲东的手，一起向观众鞠躬。

演出很成功，肖劲东重燃梦想。他买了新吉他，拜了深圳最好的吉他演奏家为师。未几，许小敏送了一张宋冬野深圳演唱会的门票给他。肖劲东问宋冬野是谁，许小敏说是一个很有名的民谣歌手。那是个周五，肖劲东请假提前赶到深圳音乐厅。他第一次听现场，鼓点就像敲在人最柔软的心上，整个大厅里的空气都被音乐搅动了。但他最喜欢的还是灯光暗下来，微胖的宋冬野一个人孤独地站在舞台中央，抱着吉他唱《关忆北》及《董小姐》的样子。

回去已是凌晨，吴英问他去哪儿了。

来了一个内地的同学。肖劲东不想惹麻烦，骗她。

女的吧？吴英也不看他，眼睛仍盯着电视。

不是，肖劲东说，男生。

叫什么名字？吴英追问。

你又不认识，初中同学。

编个名字这么难？吴英冷笑。

肖劲东觉得不对，不敢再吭。

吴英并不罢休，你们俩是不是开房了？

没有，肖劲东只好实话实说，人家请我看演唱会，我请人家消夜。

消夜？夜还没消完你怎么就回来了？

肖劲东知道雷雨将至。

肖劲东，你欺人太甚！公开在外面唱情歌，手拉着手，还和她一起去看演唱会，你就不怕孩子们知道了？

看个演唱会而已，肖劲东说，我们之间真没什么，很纯洁，真的。

你不觉得可笑？在深圳这样的地方，你竟然说你们一男一女在一起很纯洁！

知道解释不清，肖劲东噤声不语。

儿子报个英语辅导班你都嫌贵，你买把吉他一千多不贵？吴英越说越生气，下床，扯下靠墙立着的吉他，狠劲儿摔到客厅的地上。

继而离婚，肖劲东每月打给两个孩子生活费两千元，直至大学毕业。许小敏问他，只剩下三千块钱，怎么生活？肖劲东答，我生活简单，够了。沉默半晌，又说，没有吉他，钱再多有什么意思？

大不了两百块钱不要了

　　杨天地年轻时背着做家具的锯、凿、刨子走南闯北，算是见过大世面的人。不知道什么原因，三十岁了他还没有成家，又不愿找寡妇，不愿找离过婚的——那个年代，真想在农村找个离婚的也难。该他走运，几十公里外一个叫闻春花的妇女队长也是大龄妇女，也是不愿降低身段找一个结过婚的凑合。

　　两个人都强势，结了婚就开始吵闹，谁都不愿低头。吵闹的间隙，生下一儿一女，女儿叫杨金玉，儿子叫杨满堂。像大多数年轻人一样，杨满堂长到十五岁时也有很多不着边际的理想，但最确定的一点是，绝不能像父亲杨天地。他兜里攒够两百块钱，便离家出走，懵懵懂懂地跟人家到了深圳。

　　第一份工作是酒店服务生，一开始每月三百元（扣除十元的暂住费，还剩二百九十元），五年之后涨到六百四十。一年之后，杨满堂又多了个营生，工余出去开摩托车载客。后来还开过小卖部。杨满堂知道自己没多少文化，选择的都是没有技术含量的粗活儿。2000年，他离开深圳到惠阳，给饭店送鱼，因此认识现在的老婆姚翠翠。

2008年，杨满堂骑一辆摩托车到惠州火车站接母亲。那是闻春花第一次来惠州，一个大提包一个纸箱子，纸箱里装满了咸鸡蛋，说是给孙子吃。闻春花此行还有一个目的没讲出来，想看看儿子一家的生活。杨满堂嘴紧，家里没人知道他在惠阳做什么，收入多少。

摩托车七拐八拐，最后到了一座小山上。农村人对猪敏感，闻春花老远就说鼻子里有股猪屎味。杨满堂只当没听到，给她介绍南方的果树，这是龙眼，那是荔枝……车至山顶，眼前只有两间简陋的小屋，比老家的猪圈大不了多少。再远一些果然有猪舍，十几排，很壮观。你在这儿养猪？闻春花明显没想到。她记得杨满堂小时候有次给猪送食，猪兴奋地冲过来，把他撞倒。杨满堂从此怕了猪，猪草都是远远地抛过去，不敢近前。现在竟然养猪。杨满堂说，不养了。其时正值广东省清理污染比较严重的猪场，杨满堂的猪场在不达标的名册里，猪刚刚处理完毕，只剩下最后几头。

晚上，杨满堂将剩饭倒进盆里，加了点水，搅拌，端去喂猪。闻春花跟在其后，见猪舍里的猪只剩下两个大眼睛，走路身子三道弯，大骇。咋喂的猪啊，喂成这个样子？杨满堂很平静，都是假饲料害的。

惠阳早晚温差小，闻春花睡不着。隔壁儿媳压低声音说，明天得下山买点药，宝宝吃了什么不干净的东西，老拉肚子。杨满堂也压着声音说，拉个肚子算啥，拉净不就好了？

第二天，闻春花趁儿子不在，问姚翠翠，养了多少年猪？

姚翠翠掐指细算，五年，是有宝宝那年开始的。

闻春花心里酸酸的，儿子在这儿养了五年猪，竟然没跟家里透过一点儿口风。

挣钱不？从那几头猪的样子上就应该能看出来，但闻春花不愿相信自己的判断。

姚翠翠眼睛看着远处的猪舍，没答话。

养猪之前在做啥？闻春花问。

卖过鱼，也养过鸡，姚翠翠说。

都是满堂的主意？闻春花本来想问卖鱼养猪挣没挣到钱，又想，问了也是白搭，连宝宝吃药的钱都没有，挣的钱在哪儿？

每次他都说有钱赚。姚翠翠也是老家的人，性子温和，不像婆婆。

不能由着他折腾。

他就是那折腾的命！养鸡赔了后他安抚我，不就是两百块钱吗？生猪的价钱刚想翘头，上边就要清理猪场，我天天睡不好吃不好，人家倒好，回来倒头就能睡。还劝我，有啥大不了的，不就是两百块钱没了吗？

两百块钱？闻春花不明白，一个猪场就值两百块钱？

满堂说他从老家出来的时候就揣了两百块钱，空手回去不就是少了两百块钱吗？啥都满不在乎。

中午吃饭，闻春花说，两百块钱你们玩了十多年了，明儿个都回去吧，宝宝也该上学了。

杨满堂闷着头朝嘴里扒饭，即使替母亲搛菜也还是一声不响。

闻春花临走前夜，杨满堂非要带她下山吃顿饭。闻春花拗不过，点了菜心、豆腐、红薯叶、黄瓜，不点荤菜说不过去，就在单子上找了个最便宜的，鱼块。

饭桌上姚翠翠替杨满堂讲了他们的打算，宝宝可以带回去读书，但他们还得在这儿干下去。闻春花问，还能干下去？杨满堂接过去，不养猪了。姚翠翠接下句，卖饲料。满堂说他卖真饲料，相信能立住脚。钱呢？闻春花想说，连孩子吃药的钱都没有，哪来的本钱？又怕伤了儿子的心。杨满堂说，没事，下打上——第二次进货时付清上次的货款。闻春花叹了口气，你都快三十岁了。杨满堂满不在乎道，没事。大不了，两百块钱不要了。

2015 年，杨天地在老家生了一场大病，出院几天便给杨满堂打电话，要去惠阳看看，说再不去恐怕就没有机会了。杨满堂在网上帮他订了票，还开车到深圳接站。杨天地一下车就埋怨高铁票贵，坐卧铺还能省一半的钱。

那时候，杨满堂的小儿子五岁不到，杨天地每天牵着孙子转悠，有时候也去工地上看看女婿——女婿是杨满堂第二幢楼的承建方。杨天地偷偷问过女婿，这楼建下来得多少钱。女婿伸出五个手指头，杨天地倒吸一口凉气，五十万？儿子能有这么多钱？女婿纠正说，五十万连地皮都买不下来，五百万。杨天地以为女婿逗他，儿子一天到晚在屋里喝茶，能挣几个钱？

杨天地在惠阳待了一个月。来的时候走远路都难，最后竟然能上山了，精神气明显比之前好。这里天蓝水清，比他想象中好得多。杨天地替儿子算过账，好几笔都是糊涂的，杨满堂自己又不说，杨天地便愈发糊涂。但那两幢楼可是实打实地立在那儿，自己至少也算千万富翁的爹吧？他想不出一千万到底是多少，只知道先前村里有个万元户电台就来采访拍照，还有大红花戴。杨家上下几代，恐怕没人能超过儿子了。

姚翠翠跟杨满堂打趣，说他还是仿他爹，豪爽，还有喜欢动荡漂浮的生活。杨满堂说放屁，有谁喜欢漂浮不定的生活？但他心里却是认的，躲来躲去，他还是杨天地的儿子，习惯过动荡漂浮的生活。

看烟花

方秀秀是老幺，她上面还有大雷小雨。一儿一女，爹娘很满足，再加上计划生育已经开始，根本就没给秀秀留"编制"。秀秀出生后，村委几次去家里兑现，生活因此拮据起来。一家人都不待见她，仿佛她才是罪魁祸首。

那一年秋收，秀秀碰上杨老师。杨老师小学时教过她，后来清理代课教师，就去南方打工了。秀秀其时刚退学，穿着姐姐小雨留下的T恤衫，短得露出腰间的白肉。裤子也是小雨的，瘦，紧紧地包着臀。在南方浸泡久了，杨老师深谙"美也是生产力"的内涵，他撺掇秀秀的爹娘让她跟他去深圳，卖苹果，保底工资八百块。

到深圳第二天，秀秀就学会换乘公交了，知道如何穿过密密匝匝的楼房，找到那个卖苹果的档口。除了工资，每天还能从收入里截留一点，差不多一月能有一千五百块钱——姐姐小雨在工厂累死累活才拿五百。可惜好景不长，一年未到，杨老师就通知秀秀自己找厂，苹果摊做不了了，他要去给一个姓柏的当地人做物业经理，管理两栋七层的楼房。

中秋节，秀秀买了月饼去看杨老师。办公室里还有一个男人，黑不溜秋的，很瘦，也不高，典型的南方人。杨老师介绍他是柏总，没介绍她，是柏虎主动问的。临走时，柏总说有个聚会，在一个酒店，让杨带她过去帮忙。

根本不是什么聚会，也没什么忙要帮。柏总他们打牌，秀秀在旁边给他们泡茶、续水。秀秀第一次见到那么多钱，每人面前一大摞，全是红色的。散场的时候，柏总抽出几张给他们。秀秀客气再三，没好意思要。回去又有点儿后悔，五百块钱可不是小钱。

不久柏总就让杨老师转告秀秀，辞掉厂里的工作，做杨老师的助手，工资两千。秀秀当然答应，一个月前她还为从苹果摊上抠出的几百块钱胆战心惊哩，现在堂堂正正拿两千块钱了。柏总说她像小燕子（《还珠格格》的主演），秀秀当晚对镜自顾，眼睛、脸、皮肤都像，她其实比小燕子瘦，比小燕子矮。聪明劲儿也像，看过两次他们打牌，秀秀就知道了南方麻将的打法。柏总打的牌有危险，秀秀就给他使眼色，让他换一张。第三次还是第四次见面，秀秀记不清了，柏总开车送她回去，除了小费，柏总还准备了一部手机，说是以后叫她方便。秀秀一夜没睡，照此下去，她一个月能收入一万。她知道柏总对她有想法，她那么醒目——年轻，底子好，又有钱打扮，不醒目没道理。睡不着是有斗争，柏总这样面相的男人，要在她老家，找个老婆都难。

新千年最后的那个晚上，秀秀又去帮忙。酒店里却只有柏总自己，麻将桌上堆了几摞钱。柏总眯着眼睛，说都是赢的，现在他们都姓方了。

完事后，秀秀又是一夜没睡。她讲自己，讲自己的爹娘、自己的哥姐，还有那个淮河边的小村庄……她也不让柏总睡觉，要他跟她说话。柏总也不隐瞒，坦承自己已经有两个老婆、五个孩子。没熬到零点，柏总还是睡着了。秀秀极度空虚，起来数那已经全部归了她的几摞钱，数到五万七千块时，外面烟花骤起。应该是到了零点。新千年到了。秀秀放下钱，贴着窗户坐在地毯上看烟花。

他们住的是十七楼，烟花像是从地底下升起来。先是一条明亮的弧线，划破夜空，到了空中再炸开，炸成绿的、紫的、红的、黄的……瞬间又熄灭，落下去。刚想转神，新的又升上来，这一次更绚烂，各种花形。远处高楼的蓝色玻璃，海平面一样映出烟花的璀璨。

及至东方泛白，秀秀有些委顿。她回到床上，想眯一会儿，但睡不着，柏总的鼾声虽然不太响，但她实在不习惯。

过年秀秀是坐飞机回的。从机场到老家，包了辆车。家里挤满了人，都来看她的机票，问她在飞机上能不能看到王畈……背里却流言满天飞，有说她是被包工头包着，也有说是黑社会老大、厂长、当官的、香港人……最恶毒的，说她是在卖肉。

没人的时候，秀秀的爹娘问过她。秀秀没有遮挡，只得直言，对方是深圳老人儿，拆迁户。老人？多老？秀秀解释说，老人是指深圳本地人，其实并不老，比你们小。爹娘听出了意思，比他们小，肯定是没小多少。有老婆也是肯定的，不用问，问也是自找难堪。

秀秀爹娘的脸逐渐绽开，是因为儿女们一个个都跟着秀秀发达了。先是大雷去了深圳，给柏总管一个夜总会。再是小雨两口子，把自己跑运输的车卖了，去给柏总看工地。

秀秀肚子挺起来后，柏总给她买了套房子，复式，两百多平方。柏总自己开发的，秀秀选了一个面朝大海、交通方便的小区。柏树就生在那儿，那是2000年年底。

之后秀秀每年都回老家过年，有时候开奔驰，有时候开宝马，都是秀秀自己的车，当然是柏总给买的，但柏总是不和秀秀一起过年的——他要和大老婆过。村里有闺女的早坐不住了，让闺女辍学，赶紧出去打工。一年两年不见钱，也有小声嘟囔的，看看人家秀秀……

柏总从来不去王畈。秀秀的解释是，他怕冷。怕冷？她爹心想，是怕没脸吧？他们也从不去深圳，怕碰上那个柏总。

柏树六岁时，秀秀又生下柏林。柏总一次奖了她两套房子，两个儿子每人一套，原来那套归她自己。柏总还鼓励她再生个女儿，生个女儿就齐全了。秀秀铁下心不再生养，这个家虽然什么都不缺，但绝对算不上齐全，卧室没有光明正大的结婚照，她没有拿得出手的丈夫，孩子们没有可以亲近的爹。

渐渐地，柏总来得少了。秀秀起先以为他老了——牙齿脱落，皮肉松弛——应付不了她。后来才听说他又有了新欢，不止一个，比她年轻，比她貌美。柏总这样的有钱人，在深圳这样的城市，想找几个女人似乎谁也阻挡不了。凄惶是免不了的，但柏总放话过来，秀秀可以找个人家正儿八经地结婚。秀秀听不出真假，发微信试探征婚，柏总果然当没看到。秀秀不是没有过外心，看到结实年轻的男人她也会荡漾，但也只是荡漾，再没有前进过一步。年轻男人怯她，怯她的财富，也可能还怯她的男人。

　　2017 年年底，柏家迁移祖坟，家族男丁悉数到场。所有仪式结束，几十个人在包下的酒店欢闹至凌晨。突然有黑影从楼上坠落，砰然如炸雷。众人都出来看，鲜血从人群中流出来。有人轻言，像老三。柏林虽小，生死已知，骇然上前，果然是哥哥，遂双腿发软，瘫在地上。

　　柏总回来问过秀秀，柏树平日有无异常。秀秀想不出，言语短也算？柏总走后她也找机会问过小儿子，哥哥有无留话？柏林垂着头，嗫嚅说没有。俄顷，又说酒店窗户旁边的墙上有两个字，可能是他写的，爸爸看到后擦掉了。秀秀追问什么字，柏林仰起脸，方树。

位置

    1996 年 7 月，孙月明华中师大毕业，他和汪普被定为本系的两名优秀毕业生，也是学校重点培养对象。孙月明回家跟父母商量，是留在武汉的一家国有企业还是走仕途先到最基层锻炼两年。说是商量，其实孙月明已拿定主意，好不容易才从农村考了出来，他不愿再回去。

    好好的官不做，为啥要选一个厂？父亲劝他，你看看咱乡里的那个水泥厂，一个个出来跟灰猴一样，能有啥出息？

    孙月明喊了一声，咱乡那是啥厂？人家那可是国有企业，工人奖金比工资高。

    再高，也得有人管。做了官，你将来可能会去管那个企业，你说哪个好？父亲在村里开了一个小诊所，深知权力的重要。

    母亲也在一旁劝，你看东头人家李帆，不就一个计生所长吗，股级吧，家里啥不是送的？

    你也亲眼见过，父亲在一旁帮腔，一到过年过节，李帆家里的鸡鸭鱼肉都没地儿放。

那点儿东西就淹住你们的心了？孙月明说。

那都是眼见得着的，看不到的更多，父亲说。你现在是学生，还不知道做官的好。

我知道，万一出事呢？

有几个出事的？乡里一大堆官，多少年了，有一个出事的没？人家李帆还要升呢，听说要当副乡长哩。

反正我就是不去农村。

孙月明在那家企业待了一年，那不是他想要的生活。和大学导师沟通后，他毅然决定辞职去深圳。登上南下的火车，他兜里只有一个月的工资，四百块钱。

一周之后，孙月明被一家音响公司录用。他因此相信缘分，十年前他第一次进县城逛商场，印象最深的就是音响。就那么一小点儿，一千多块。"得卖多少袋麦啊！"孙月明还记得他当时跟同学的感叹。

孙月明赶上了好时候，入职第二年就拿到两万多元的月工资。但很快，因为公司政策方面的原因，效益大幅下滑。2001 年，总公司派孙月明回武汉处理武汉分公司的烂局。

因为缺少压力——孙月明一直在总公司拿着一份稳定的高工资——日子过得四平八稳。2008 年，妻子要求离婚，嫌他不上进，没追求。孙月明乐得自由，在总公司附近租了一间房子。头一晚没睡着，外面的树枝像扩音器，放大了夜风的声音。孙月明以为自己睡觉挑地方，躺在床上胡思乱想，前妻，同事，还有儿子，直到晨曦映上窗户。倒也不觉得困。一连三天，孙月明才惊，知道应该是书上说的失眠。找相熟的医生看，说是缺少锻炼。由此开始健身，打羽毛球，周末到郊区骑行。还真好了。暑期他攒了个长假，去稻城亚丁，借住在一个藏民家里。第一天晚饭后，孙月明问村里有什么好玩的地方，藏族小姑娘把他们带到了村头有平步机、骑马机、单双杠等健身器材的空地上。这件事让孙月明笑不起来，他从此开始反思自己的生活。家没了，事业也无成，总不能就这样混一辈子？

孙月明回来就辞了深圳总公司的工作，他想背水一战，专心把武汉的业务做好。未几，将已经注销的武汉公司重新注册，法人改成自己，专业从事家庭、酒店、高档休闲会所等场所的装修、智能化系统、影音娱乐系统等项目的设计与服务。孙月明办公室每个房间都装有音响设备，潜意识里给访客一种暗示，我们的生活离不开音响。他一再告诫自己的员工，不能主动向任何来这儿的客人推销产品。销售是一种技巧，我们要巧妙地把它消化于细致、贴心的服务中。

公司成立不到一个月，武汉市政府要重修一会议室。虽然只有不到二百万的预算，但因为是市政府的工程，外界号称武汉市"一号工程"，孙月明特别重视，每一个细节都做得很认真。"一号工程"结束，当时同时在那儿施工的其他六家企业后来都成了孙月明的客户。

2013年，孙月明回老家陪父母过春节。李帆上个月被抓了，父亲说。警察抓了个小偷，小偷供出来在一个局长那儿偷了五十万现金。还有人传，警察从李帆家查出一千多万现金，茅台酒上百箱，购物券十一万……父亲讲的时候惋惜不已，可惜了，听说购物券都作废了。

他要那么多钱用得完吗？孙月明笑，这个时候你明白了？我给你们的钱花了吗？

母亲说，哪用得着？粮食多少收一点儿，够自己吃的。青菜也都是自家菜园的……

孙月明说我退休后也回老家，吃的用的都放心。父亲故意刺激他，你不是不喜欢农村吗？

夏杪，孙月明去参加大学毕业二十周年同学会。武汉刚刚下过一场大雨，暑气渐消，江水涨满。同学会在郊外的一个农庄，滨江大道边上，正好骑行。向晚，孙月明整装出发。一路上，长江就伏在他脚下，潺潺有声，水色微浊，波光琉璃。头顶上大团云雾，穿江而过。孙月明偶尔驻足，揽江作镜，似有君临天下之感。

汪普先到，人比电视上略瘦，说话还是慢声细语，但并不让人觉得懦，反倒有一种坚定的从容。他已经贵为某区常务副区长，副厅级。孙月明坐他下首，没说上几句话。汪普一直接电话，有时候语气简洁，只嗯啊几声；有时候又正襟危坐，对着话筒毕恭毕敬。饭还没吃完，即匆匆离去。

后来又有外地同学赶来，孙月明挪到汪普的座位上。有知道内情的人一语双关，说那个位置本来就是孙月明的。孙月明轻笑，他做不了汪普，也不愿做汪普。他的公司早已步入正轨，电话偶尔响，也不会有什么令他紧张的消息——要是客户，他从来都是不卑不亢；是员工，也不会颐指气使。至于营业额，孙月明没给自己定过什么目标。过千万，他高兴。不过千万，他还高兴。因为，生活中能让他高兴的事还有很多：与朋友喝茶聊天，打羽毛球，跑步，骑行……

喝完酒唱完歌出来，已是凌晨。外面黑沉沉的，空气黏湿，扑扑嗒嗒落着小雨。同学留他住下，孙月明怕赶不上第二天上午的例会。他站在雨地里试了试，雨不大，脚下软绵绵的，都是青黄色的银杏叶。孙月明说不碍事，这时人车都少，跑着更欢。套上骑行服，戴上头盔，扶起靠着墙的山地车，撅起屁股，伏下身，丁零零，一头扎入黑暗中。

人生就是一场赌局

　　徐扬最早的人生记忆，应该是麻将。他躺在吉童童怀里，梦里都是麻将落在桌子上或重或轻的声音——轻的时候少，重的时候多。他还记得屋山头那几个石凳，没有牌场时，就隐在下午的日影里。不远处的杨树林，梢头动也不动，知了的叫声一阵比一阵高昂，仿佛彼此在赌气。几只野猫偶尔嬉闹着冲出来，听到这边的吵嚷声，又忽地停下，警惕地巡视一会，卷起尾巴，一窝蜂转回去。那时候天短，发一阵呆，三顿饭一吃，就没了。

　　徐扬一晃儿长大，上了初中。他开始逃学，趴在沟边草地上与人赌钱，赢了同学的饭票拿到小卖部换零食换钱。初二下学期开学，几个同学在宿舍推十点半。都是学生，脸上藏不住喜悲，牌点一看便知。先是试探，赌注越来越大，有几个学杂费输得精光。月余，老师督促交费，真相大白。家长找到学校，徐扬据理力争，愿赌服输。老师说赌博违法，徐扬不信，母亲天天赌博也没见有谁管。老师说没人看到，没人举报。徐扬反问，街上卖彩票的不也是赌博？老师想了想，说彩票是政府搞的，盈利用于公益事业。徐扬说，我也拿点儿钱做好事。老师无语，踢他一脚让他站好说话。转身给徐天水打电话，假装要报案，将徐扬交给派出所。徐天水知道轻重，赶到学校替那几个学生交了学杂费。

初中没上完，徐扬就被学校赶回了家。父母也不怪他，家里的汽车美容店正好缺人手。徐天水也是初中毕业，做过麻纺厂车间主任。吉童童是他手下，有次工厂停电，两个人撞到一起，徐天水趁机占了她的便宜……麻纺厂停产后，夫妇俩过了一段无所适从的失业生活，之后就在路边开了一间简易洗车铺。徐扬上初中后，汽车铺又衍生了汽车修理、配件销售等业务，渐成气候。

手里活泛了，徐扬看不上过去的小打小闹，开始到邻近镇上赌，到县城赌。有次他们躲在淮河上赌，天热，众人都脱了上衣，以防有假。风顺着河道溜过来，撞得小船一漾一漾的。徐扬是庄家，抓了猴王（牌九中最大的）。他僵着脸，不动声色，装着掉到地上一张牌，弯腰去捡。赌博的人手快，另外三家迅速换牌，往桌上加钱。徐扬也不急，缓缓直起腰，亮出猴王，同时将桌上的钱统统收走。还有一晚，是在一个镇上，徐扬手气好，到后半夜已经赢了近五万。最后一牌，桌面上押了三万多块。他拿到对天（仅次于猴王），二家却又亮出一张天牌。肯定有人作假！徐扬略一思忖，即将自己手里的两张天牌面朝下混进一堆牌里。庄家没点，通赔。回去跟人说起，他一个外人，又是当晚的赢家，牌桌上多了一张天牌，不仅前功尽弃，恐怕还躲不过一顿毒打。

常在河边走，没有不湿鞋的。五年不到，徐扬欠了二十多万赌债。吉童童让他到外婆家躲一阵，徐扬不从，他想去深圳。吉童童说，人生地不熟的，跑那么远你能干什么？徐扬让她放心，那么多人跑深圳打工，哪个饿死了？

头一年，徐扬开一辆红色昌河车给大酒店送油盐酱醋，隔不几天再跑到广州永福路的汽车用品批发市场给家里进点儿货。那条路上有上千家商户，只要手里有产品，哪怕放一颗螺丝，钱就会唰唰地流进你的腰包。

逾半年，徐扬应聘到一家汽车零部件贸易公司，做业务。他脑袋灵光，业务做得风生水起，老板娘很快提拔他做了业务经理。未几，又将他派往广州，管理永福路上的档口。正好表弟钱鹏程来深圳，徐扬把他招过去看店，做他的帮手。

想发财，还是得炒货——利用公司的业务渠道，将自己的产品样品散到永福路上各个门档销售。徐扬琢磨来琢磨去，瞄上了油箱盖。这东西技术含量低，一个小厂就能生产。产品出来后，他让钱鹏程出去铺货，自己做幕后老板。

翌年，被老板发现，索性一不做二不休，光明正大地出来单干。在坪山找了厂房，招了五个熟练工人，生产方向盘套。订单做不完，又招工。厂房一再扩大，最多时有七十名工人，还签了三个外包工厂。生产顺当了，业务有表弟管着，徐扬做起了甩手掌柜。最初只是陪客户打两圈麻将，牌瘾渐被勾出。反正时间充裕，开始主动约人。他牌技好，输少赢多。但总嫌不过瘾，专程回老家办了护照签证，半年内去了三次澳门。钱鹏程不解，在屋里支个牌场玩玩也就算了，还要去澳门。徐扬说，小牌场有小牌场的好，大赌场有大赌场的妙。钱鹏程劝他，可别上瘾了，耽误事儿不说，经济上还受损失。徐扬笑，人生不就是一场赌局？我们赌的不仅是钱，还有希望。

女朋友也是赌来的。徐扬去酒吧，见一穿连衣裙的女孩落单，上去搭讪。两个人掷骰子喝啤酒，女孩像能透视，很少猜错。徐扬问她秘诀，对方说这是博弈理论。再问，又牵涉数学、心理学。徐扬愈觉其玄，遂下功夫索爱。

夏杪，吉童童在家切除了一侧乳房之后，来深圳探亲。徐扬带她到处闲逛，深圳几天广州几天。吉童童觉得外面人太多，还不如待在家里自在。徐扬便每日约好小区里的老人，与母亲凑成一桌。如此数日，吉童童脸色渐渐红润。忽一日，徐扬西装革履，让钱鹏程送他去宝安机场。他要去马来西亚的云顶，听人说那儿的赌场要求苛刻，必须正装。吉童童亦纳闷，跑那么远，澳门还不行？徐扬浅笑，没去过云顶，始终是种遗憾。吉童童自叹比不上儿子。

云顶没有送徐扬上云端，反将他打入地狱——回来时，徐扬背了近千万赌债。本想将公司的一辆车送给表弟钱鹏程，但未被债权方允许。

五年后，钱鹏程带着新婚妻子去香港度蜜月，回来经过澳门，见到徐扬——他在赌场打工还债。钱鹏程问他有什么心愿，毕竟兄弟一场。没想到，徐扬竟答，想去拉斯维加斯赌一把。

习惯了委屈自己

钱鹏程比表哥徐扬小三岁，"严打"那年出生。

两三岁时，钱鹏程就开始黏徐扬。徐扬话少，也可能是嫌他年龄小，钱鹏程说十句也听不到一句回应。但他们都有耗不完的精力，一颗小石子，两个人争抢着，能从家里踢到学校。

初中毕业，钱鹏程在镇上帮人卖手机，和几个街痞子混到一起。做过很多好事，比如路见不平，比如帮人推车。但大多是坏事，比如抢人家的货散给身后的小可怜，暴打西装革履的乘客……自以为是英雄，劫富济贫，手里握着正义。十六岁那年，他们被仇家半路埋伏，一场混战，同伴动脉被刺破，血流如注。他催钱鹏程快跑，说自己不行了。钱鹏程觳觫不已，股胫全软，眼睁睁地看着同伴闭上双眼。那是钱鹏程第一次经历身边的人死亡——殡仪馆门头上白底黑字写着一个年轻的名字，他才惊觉生命脆弱，要做些有意义的事。

钱鹏程去深圳投靠表哥。未几，徐扬转到广州，管理公司设在永福路上的一家汽车用品批发档口，顺便给家里的汽车美容店发货。他们同住在一个广州小区的公寓楼里，租金八百元——钱鹏程觉得太奢侈，他一个月工资才三百元。晚上他们趴在阳台栏杆上抽烟，徐扬指着半空中星星点点的万家灯火说，你看那些高楼大厦，只要我们好好干，早晚有一天会成为那里的主人。

钱鹏程的工作就是送货——徐扬设计的一种油箱盖子——到批发市场挨家挨户铺样品，第二天早晨再去巡店，卖掉了就和老板结账，有订单就拿回来批量生产。

一天深夜，钱鹏程正用手机和老家的女朋友聊天，被徐扬发现，骂了一通。让你来学习，想玩就回家去。钱鹏程觉得委屈，一气之下离开了表哥，在酒吧找了份服务生的工作。只做了一晚，端茶倒水，直到凌晨打烊。钱鹏程受不了，又回到徐扬那儿。

翌年，一个专做方向盘套的公司把徐扬挖过去，底薪一千五百元。钱鹏程像一个搭头，被徐扬带过去看店。因为工资低开支大，春节没有回家。除夕那晚，钱鹏程游荡半天，没找到营业饭馆。只好买了泡面、火腿肠、卤蛋，准备回去当年夜饭。那一年广州特别冷，风里藏着针。行至高架桥下，母亲打电话过来，问他在哪儿吃饭。钱鹏程躲在石柱后面避风，说是在一个小饭馆，要了两个菜、一瓶啤酒。母亲又问为什么不回来，是不是没钱买票。钱鹏程眼底鼓出两泡泪，硬着嗓子说不是，公司加班。末了又加了一句，你们不用操心，我在这儿过得很好。挂了电话，靠着石柱出一歇神，方才回转。

逾二年，徐扬与老板产生矛盾，离开公司。钱鹏程失去依靠，带着十几本客户名片去车源贸易公司应聘。应聘的队伍排得很长，大学生居多，有学计算机的，有学销售的，还有学会计的……轮到钱鹏程，他说他初中都没毕业，但在永福路上的门店干过两年销售。如果给他机会，两个月他能做满十万元销售额。老板大喜，让他第二天就上班，底薪一千元。从招聘现场出来，钱鹏程突然觉得天地似乎不一样了——离开表哥，他不是没有活路。

旋而一年，一同入职的阿军被另一家大品牌挖走，负责其工厂的生产工作。小王也另立山头，做起贸易。钱鹏程被徐扬拉出来，回深圳坪山建厂生产方向盘套。一个有经验，一个有客户资源，厂子很快由最初的五人壮大到七十人。订单做不完，又另外联系了三个外包工厂。徐扬给钱鹏程配了专车、秘书，还有文员。短短三年，他们的"安稳方向"几乎无人不晓。

女朋友催钱鹏程回去结婚，女孩子青春短，她不愿再等。钱鹏程父母也赞同，趁他们还不算老，能帮忙带带孩子。还为他寻了份高速公路收费的工作，月薪一千元。钱鹏程想象不到一千块钱该如何花，还怕回去和先前的朋友混到一起，咬牙与女朋友分手了。

工厂红火到第五年，徐扬因欠下巨额赌债，不得不关闭。

那一年，钱鹏程三十岁，正值而立之年。阿军和小王都已身价千万，他还拿着每月六千元的工资。钱鹏程决意自立，虽然有点儿晚。他在坪山找了处二楼的房子，带了五六个熟练工人，开始自己创业。做订单，每月平均生产一万个方向盘套。生意一年比一年难，即便永福路，也不像他初来时那样，一枚小螺丝都能让人迅速致富。

又两年，二叔去世，钱鹏程回去奔丧。父母明显老了，看见儿子，竟有了讨好的神情。钱鹏程定下神，答应与舅舅邻居家女孩见面。人多场面大，钱鹏程余光瞥见对方低眉顺眼，相貌寻常。晚上回去母亲问起来，钱鹏程敷衍说，还好。父亲在一旁追着，那就定下来？钱鹏程犹豫间，母亲已抄起电话联系舅舅，商定好双方家长见面的日期。

未几订婚。正好一个月后有好日子，又定下婚期。父亲随后弄了个名单出来，都是要请的人。还有婚礼用车，谁主持婚礼，酒席设在哪个酒店……钱鹏程做梦一般，一晃就到了婚礼前夜。

那是他第一次失眠，索性开灯坐起来。迎面就是放大了的结婚照，钱鹏程穿着燕尾服，腮上还着了点儿色，脸上端着架势，一点儿也不像他自己。老婆也是，化了浓妆，只有眼神温和，依稀可辨。她不是他喜欢的类型，但她应该适合婚姻。

在深圳和广州这十几年，钱鹏程习惯了委屈自己。

差距

代建民不好动，眼睛又小，坐在那儿看电视时经常被人误以为睡着了。屏幕上一群全副武装的人在抢一个椭圆形的球，好像还可以冲撞，一个被推倒另一个压上来，双方队员很快叠成一堆。黄敏上前关掉电视，招来一顿骂。代建民喜欢所有的竞技比赛，家里的电视频道锁定在体育台。但他生活中不做任何运动，体重一百八十斤。

阴差阳错学了建筑。高考报志愿，代建民预估的分数只到省内专科线，保险起见，专业也不敢挑，选了招生数量最多的那个——他想象不出建筑是什么，反正不会是父亲在家那样给人家和泥砌墙。三年大学，代建民涨了建筑知识，也长了一身虚肉，颤悠悠的，眼睛也愈发小。那是大学扩招第一年，小县城还可以分配工作。代廷东拿了儿子的派遣证去县里托人——他一直在村里蒸馒头卖，手里有点儿积蓄——七拐八拐找到一个副主任，人家让等，半年。代建民等不及，跟人去了深圳，进了一家五金塑料厂，一天工作十多个小时，月薪七百元。过年辞了工作回去问，副主任还要他等。

代建民边等边帮父亲蒸馒头卖，两个月瘦掉十斤肉，人变得帅气起来，眼睛也比先前有神。但方圆几公里的用户都说，大学生蒸的馒头不如他爹蒸的好吃。还有人把代建民当成上学的反面教材，看，代廷东的儿子可是上了大学，还不是回来蒸馒头？代廷东觉得丢人，交了五千元上岗费，匆忙把儿子弄到建筑公司。第一天去上班，代建民还特意买了套西装穿上。经理坐在老板桌后，说好，你是我们公司第一个大学生，又是学建筑的，正好可以学有所用。代建民嘴上诺诺，出来却觉得丢脸，第一个大学生，意思就是他是第一个没有本事才进了这个单位的大学生。

代建民每天在工地上挖沟埋管，还真与他学的专业能对上口。工地上灰尘满天，穿不上西装。逾半年，代建民又要去深圳打工，代廷东不允，说你好歹有个工作，老了政府能管着，在外面打工算啥？

代建民毕竟见过世面，说他父亲思想落后，跟不上形势，大学生出来打工的多了，"五险一金"一买，跟公务员一样，老了照样有保障。

代廷东问，没工作去哪儿找对象？

代建民哭笑不得，心想，还能找不着对象？

代廷东僵着脸，反正上了大学还出去打工，我们没脸面。

代建民喊了一声，什么脸面？我在建筑公司挖沟埋管干的都是民工干的活儿，工资不到两百块钱，你们就有脸面了？

到了深圳，代建民没有进厂，好歹也是大学生，他把目标设定在人才市场。花几十块钱买了一堆招聘信息，挑合适的去应聘。合该代建民走运，正好南方设计院一设计所缺人。干满一个月，代建民领到两千元工资，出来觉得天比原来蓝了，路边的草也比平日绿了。榕树的长髯随风轻飘，阔大树冠的影子打在马路中央。他伸开双臂，深圳真美啊！下午买了部波导手机回去，给家里打电话，给熟悉的同学打电话……翻来覆去，半夜睡不着觉。

代建民没有"固定工作"，代廷东觉得儿子的婚姻就打了折扣。他放出话，儿子好歹是个大学生，要找个城里媳妇。未几，有人介绍黄敏，代廷东满心欢喜。黄敏在一家通讯公司卖传呼机，虽不算正式工作，但人家出身工人家庭。代建民其时二十八岁，相过几次亲，都没成——有人嫌他胖，有人嫌他眼小，也有他嫌人家这这那那的。到了黄敏，他正有点儿急。第一次见面，是在一个逼仄的小饭馆，教室一样摆满了小饭桌。代建民眼神躲闪，余光瞥见黄敏面容平常，头发有好闻的草莓香味，心下欢喜。但他没有与女孩相处的经验，找不到话题，只好一味催服务员上菜。服务员也是新手，菜上来不知道报菜名。代建民殷勤地给黄敏搛过去一筷子，这个，好吃。又一道菜上来，还是那句话，这个，好吃……黄敏笑，有没有不好吃的？代建民一怔，少时放松下来。

旋即结婚，黄敏接管家里一应事务。她比代建民嘴甜，人来客去，从代建民家常应付自如。黄敏有时候嘟囔他小气，代建民嘴上不承认，心里却庆幸有黄敏这样的女人持家，让他少操了好多心。

做过万科、恒大之类的设计后，代建民试图进入主流行业。他将求职信息挂到南方人才网，很快得到回应，一地产集团愿意聘用他驻北京，工资涨到七千元。

逾三年，代建民重回深圳，工资又涨了三千元。他满怀信心跳槽到更大的碧桂园或万科，被拒，人家要求第一学历必须是全日制本科毕业。代建民始觉学历重要，从此静心学习，计划参加成人高考，报考注册建造师、建筑设计师……黄敏被男人的雄心吓到——她早已不工作，在老家专职带孩子。都两个孩子了，还费那劲儿干吗？她怕他们差距太大，也怕男人有更多的诱惑。

2014年，代建民打电话给黄敏，准备在深圳买房。黄敏对深圳不放心，有一年暑假探亲，她看到门缝里塞进来的性服务广告，疑心代建民受不了诱惑。她不想将家安到她够不着的深圳，孩子们的户口又办不过去。第二天，黄敏坐高铁赶过去，谎称已在武汉买下学区房。当晚，代建民对她似乎没有期盼，更不用说激情。黄敏愈加坚定，从深圳回去一周不到，就在武汉买好房。她给代建民打电话，赶紧回武汉，我们再不要两地过活。

一路向南

　　常家在闵湾是独门小户，大集体时代处处受狭，因此一直想要出人头地。好在常江争气，腰板一挺，考上了大学。都说南方发达，报考的时候常江就选了上海。常河结婚早，本来因为分家跟父母闹得不得劲儿，弟弟的录取通知书下来时，常河腰板硬了，买了一万响的鞭炮回家放，还放了两场电影——十里八乡都知道闵湾出了第一个真正的大学生，姓常，不姓闵。

　　其时正值世纪之交的浮躁时代，常江却憋在图书馆读书，偶尔还会有豆腐块见诸报刊，在系里小有名气。大四那年喜欢上长沙同学欧阳小妮，无奈对方父母反对。分分合合到毕业，欧阳小妮回长沙芙蓉区某中学做教师，常江没有长沙户口，又没有关系，只能选择长沙的私立学校。打电话通知家里，常河难以接受，学师范专业做不了官也就算了，如果能回老家县城高中也好，闵湾哪家进城上学不得来求常家？偏偏去了长沙，又不是铁饭碗，一家私立学校。

　　常江解释说，私立学校待遇好。

常河没好气，能多好？人家说撵你就撵你了，大学不白上了？

有本事不怕找不到饭吃。常江有点儿自己安慰自己，他不好意思跟哥哥讲与欧阳小妮的恋爱。

在长沙又熬了一年，欧阳小妮另择高枝，常江一气之下辞职考研。常河听说了，电话里鼓励他，需要钱只管说，但这次一定要读个能做官的学校，回来在咱镇里当个所站长也好。常江苦笑，哪有做官的学校啊。

考研失败，常江决定去深圳寻梦。有了先前的经验，他不敢再向家里报告，只说准备再考一年。从深圳西站下火车换乘公交，一路上到处都是工厂，高精空调、永诚制衣、新时代电子厂、世纪鞋厂……赶到与朋友约定的公交站点，天还没黑定，但见周围打工者云集，常江心想，还打什么工啊，在这儿开个饭馆岂不挣钱？用尽积蓄，租了一百多平方米的房子。饭馆的招牌做好了，装修也进入尾声，卫生许可证却迟迟办不下来——旁边要建垃圾站。接着又是"非典"，出来吃饭的人更少。第一次投资血本无归。

为找工作，常江频繁与人才中介机构联系。中文履历，包括他发表在报刊上的小文章，在深圳毫无优势。他从此摁下写作的念头，决意先把生活搞好。碰过无数次壁，也被中介骗过无数次，后来干脆在一家中介机构做业务，希望借以帮助外来务工者。

未几晋升为业务主管，继而又升为经理。常河听说他在深圳蹬三轮已是一年后，打电话求证，常江否认。说的人言之凿凿，常江穿什么衣服都一清二白，常河狠下心，非要来深圳看看。兄弟俩见面，常河见弟弟颊颐凹陷、头发疏于打理，蓬头垢面，眼角鼓出两泡泪。常江拿出自己的名片安慰哥哥，你看，我都做到经理了。常河接过名片翻来覆去地看，果然，上面印着某某人力资源公司业务经理。常江还在一边补充，我手下有十七个业务员，工资是咱们老家乡长的十倍。常河半信半疑，回家带了常江买的两大包礼品，一件羽绒服、一盒山东阿胶、一个皮包、一盒雀巢奶粉、两件衬衫、一台MP3播放器……父母、侄子侄女、哥嫂都有礼物，外加两千块钱路费。公司的车专程送他到火车站。临上车，常河终是不放心，说一千道一万，你这还不是铁饭碗。家里东厢房给你留着，城里真不要你了，再回去。

汶川地震，常河听说弟弟给灾区群众捐献一车矿泉水，打电话问常江真假。

一车矿泉水我还是买得起的，常江坦言。

得好多钱吧？常河追问。

不多。对了，忘记跟你说了，我又创办了自己的人力资源公司——以前的那个是跟人合伙的。

很挣钱？常河又问。

差不多吧。

你要是有钱，先慈善亲戚吧，咱还有好多亲戚穷着哩，咱舅，咱二姑，还有我……

你？常江问，你是缺吃还是少穿？

常河默然半晌，嗫嚅道，总比给人家强吧。

哥，你吞吞吐吐，是觉得我傻是吧？我们家也有过难，你比我清楚吧？要是没有贵人相助，我们能有今天？之前我们常家在闵湾不受待见我觉得也有我们自己的原因——我们太过于关注自己，很少去关注别人。做慈善其实不是多难的事儿，说白了，就是做个好人，为他人做点儿力所能及的事儿，对天下苍生有悲悯情怀。一车矿泉水，这笔钱对我来说不算多，我承受得起。以后，我还会努力做个好人……

常江后来又成立了众志社会工作服务中心，扶贫帮困，免费为外来工提供心理咨询。稍后又当选区社区义工协会副会长。

劳务输出经常要与工厂或工人打官司，为减少劳资纠纷，常江两次报考，终于取得国家高级劳动关系协调师资格。是年，被评为深圳市优秀异地务工者，通过积分获准户口迁入深圳市。其后，又作为外来务工者代表，三次被邀请参加市政府工作报告征询会。面对市长，常江多次呼吁政府要多加关注外来务工人员，增加入户指标。

常江在业内声名鹊起，"有困难找警察，揾工找阿江"。一时，他手下员工五千多人，是十多家公司的"话事人"。

常江最喜欢的身份不是老板和经理，而是作家、老师。他先后三次主办"城里的月亮"征文活动，给区内外来务工的文学爱好者铺路。2016年，出版社觉得常江的经历非常励志，将他发表过的散文集中出版，题目叫《一路向南》。当选区作协主席时，常江说自己最快乐的时候不是挣了多少钱，而是初来深圳时蹬着三轮送盒饭——每只饭盒里都夹着他写的一首短诗。他还现场朗诵了几句：

> 我梦过的鹰飞在天上
> 它不在天上的时候
> 天是空的
>
> 我念过的姑娘藏在写字楼里
> 她不在写字楼的时候
> 我是空的

我是河南人

董平原先叫董建军，高考落榜后复读，改名董平。又落榜，同学笑他改错名字了，人家复读都要提升成绩，你反倒"平"，咋能考上？

回村当了民师，还算体面。某日没课，董平坐在办公室里，一缕晨光透过窗户照进来，他突然感觉自己就像一头猪，在这个小学校被圈了七年。一个民师，几十块钱的工资少得可怜不说，转正无望——转正也不过两百多块钱的工资，缓解不了他们一家四口只靠土地来钱的拮据生活。董平决意走出去，去感受一下外面的灿烂阳光。

县城没有火车，只能乘大巴。当日雪花不断，老婆抱着女儿来送行，一脸生离死别的样子。倏而客车轰隆隆启动，老婆匆忙送上来一塑料袋煮鸡蛋和油饼。雪花贴在车窗上，董平看到老婆和女儿变成一团雾影，渐渐模糊。他靠在椅背上，懊悔没有叮嘱老婆，回去后务必找她表叔弄好病假条，千万不要让上级知道他出来打工。

到了珠海——同村有人在珠海打工，回来说因为澳门年底回归，那里新开了很多工厂——煮鸡蛋已有异味，只好扔掉。旬余，仍未找到工作，正考虑回家继续教书，远远见一大门前挂着纸牌，围了几十人，料是招工。到了跟前，人群密不透风。董平被挤在其中，从人缝里看到塑胶厂招普工二十人，高中毕业优先。他揾了揾兜里的证件，心下欢喜。俄顷，被挤到前排，忽见下面还有一个括号，"河南人除外"，又一沉。

买了张假身份证，董平顺利入职。逾半年，人事经理找他谈话，欲升他为线长。董平眼睛看着他，我是河南人。

人事经理一愣，旋而轻笑，河南人不影响你当线长。

你们不是不喜欢河南人吗？董平承认当初进来时买了假身份证。

也不是……

我记得，招聘时牌子上注着"河南人除外"。

人事经理喝了口水，说河南人好打架，不忠诚。

忠不忠诚没有标准，不好判断。他问，你见我打过架吗？

我听说……

听说的你都信？我听说澳门人都好赌博，你赌吗？你是搞人事工作的，不能以偏概全——这应该算常识吧？

要不，为什么新闻上河南人的负面报道那么多？人事经理一副无辜的表情。

河南人口第一你知道不？董平解释说，人多，出来打工的又多，所以出事的概率就高。

…………

董平不稀罕那个线长，最重要的是觉得老做生产没前途。辞了工作转到坪山，应聘到一家做高尔夫球、乒乓球的香港工厂，跑业务，底薪两千元——这个数目比他当教师一年收入还多一倍。打电话回去跟老婆报喜，说新工厂很偏，但离海近。坐摩的到海边，十分钟的路程。

董平做过教师，口才好，旋而成为市场部销售明星，照片印到厂报上，大门口阅报栏里。总经理是香港人，姓柯，问董平哪里人。董平答，河南。旁边的副总介绍说，河南驻马店。柯总会心一笑，脱口而出一段"总部设在驻马店"的顺口溜。董平板起脸，柯总，你这是地域歧视。柯总友好地拍拍他的肩膀，玩笑玩笑。河南人，有能力！

逾二年，市场部经理跳槽，江苏的业务员补缺。柯总为安抚董平，将他的底薪提到六千元，与经理持平。董平也不争，仍旧埋头跑业务，提成几乎是所有业务员的总和。

坪山撤镇改办事处那年，董平提出辞职。柯总问为什么，就因为没有提升？

董平不遮掩，问，柯总不觉得不公平？市场部没有业务员可以和我比吧？

柯总承认那步棋走错了，如果你留下来，我们会重新考虑你的职务。

董平道谢，我知道你们不是防我，是防河南人。不过，我辞职不是为了这个，我想自己创业，我觉得自己还有潜力可挖。

一定要走？

一定要走。董平再次感谢，我从你身上学到了很多东西。

学到什么？柯总追问。

管理经验——工作态度，对品质的要求。

我们合作怎么样？柯总很认真地说，既然你要创业，咱们合资，我出一半资金——再多一些也可以。

董平轻笑，柯总不是看不起河南人吗，为什么还要投资我的厂？

柯总竖起大拇指，你这个河南人没说的！我相信，仅凭你手里的资源就能把厂做好。

你放心，董平说，我以一个河南人的身份向你承诺，我不会带走你们的一个客户——我做塑胶模具，不做高尔夫球、乒乓球。

董平最终没有与柯总合作，他手里有五十万元，开个小厂足够。

平安塑胶模具厂也建在坪山，董平特地安排人事经理，在所有工种的招聘广告上都要缀上"河南人优先"。老婆说，你又走向另一个极端了。董平说我知道，这只是个噱头，我的目的是给我们河南人正名。

果然如柯总所料，平安塑胶模具厂在董平手下迅速壮大，最红火时，有六百多工人。亚洲金融危机期间，董平又低价购买了因资金链断裂而濒临倒闭的一家香港电子厂和一家塑胶板厂。

逾数年，工人工资成倍上涨，利润急降。董平思来想去，决定将三个厂整合，减少生产上不必要的流通环节，提高生产机械化水平，降低人工成本。

工厂重新焕发活力。适逢女儿高考，她回来问，毕业生登记表上的家庭住址和籍贯有什么差别。董平解释说，家庭住址是深圳，就是我们现在的暂住地。籍贯是我们祖上的居住地，你得记住，你爸你妈都是河南人，你也是！

新世纪

好猫李争

李凤鸣是王畈公认的能人，力气还大，一个人能把稻场里的石磙竖起来。他老婆体弱多病，生下的儿子李争也是个病秧子，风一吹就感冒，吃两个生番茄就要拉两天肚子。但李争继承了李凤鸣的聪明，从小就知道改爹娘的工分本，1改成7，2、3改成8，7改成9……

弟兄三个，只有李争读完了高中。高二寒假前，学校改善伙食，炸油条。李争没钱，只能买馒头稀饭。一整天，李争都无心学习，伙房的香气一直缠着他。放了晚自习，他又转到伙房，看到面板上还有一筐油条，找了根铁丝，钩出来半筐。剩下十几根吃不完，拿到寝室卖给同学换成了饭票。第二天政教处找上门，李争打起精神倚着高低床站起来——平日吃饭缺油少盐的，突然饱吃了一顿油条，胃受不了，拉了一夜肚子。听说要送他去派出所，泄了气一般，瘫到地上。

学校待久了，李争回去做不了农活，只好到村小学做代课教师。他讲体面，出来进去都收拾得干净利索，又有文化，上门说亲的络绎不绝。李争精挑细选，娶了个街上卖百货的姑娘。女儿出生后，老婆劝他辞了工作，出来随便做点啥也比当代课教师强。话音未落，老婆就因为倒卖假酒被查处，多年的积蓄被罚光。两人协议离婚，李争进县城开理发店——他小时候跟父亲学过理发。

理发店开在菜市场边上，房租便宜。头一年还好，起早贪黑，收入是当教师时的五倍还多。1998年夏秋，理发店生意直线下降。李争还不知道县城理发店已经遍地开花，隔个十几步就有一个。靠理发早已无法生存，大部分门脸上都写着按摩、洗面、洗头。李争没办法，房子还有一年到期，只得学他们，增加服务项目。"技师"好招，周边的已婚少妇多，思想也放得开。唯有一个叫薛青青的女孩，第一天来上班就哭着从帘子后面跑出来。李争也不怪她，及时换上另一个"技师"。

未几，薛青青挟了被褥衣服过来，开始与李争同居。薛家难以接受，女儿未满十八岁，身子都没长开，却要嫁给一个离过婚的男人。薛父费尽心机，查出李争的过往劣迹，细细讲与女儿。薛青青回去质问，李争悉数承认。读书时受处分是因为家里穷，嘴馋。离婚是前妻的错，与他无关。

翌年五一，薛青青偷来户口本，两人结婚。理发店撑到薛青青生产，李争要带几个条件好的"技师"去南方碰碰运气。外面回来的人说，深圳生意好，还安全。薛青青没经过事，有些害怕，毕竟不是正当生意。李争安慰她，咱们的理发店为什么没人来查？政府保护嘛！现在政府鼓励多种经营。报纸电视上老说，不管黑猫白猫，逮住老鼠才是好猫。相信我，我是好猫。

李争的店在深圳运营不到半年，被警察封了。薛青青将孩子放到她姥姥家，慌里慌张赶过来，交罚款，找关系，人才被放出来。李争惊恐未定，遣散众人，不敢再做这行。

薛青青很快进了厂，李争一时找不到合适的工作，四处游荡。中秋节，几个老乡聚会，薛青青无意中听人说到罗浩然，为之一振。罗浩然是她姑奶的儿子，十年前辞了乡卫生院的工作，下海经商。

第二天，薛青青请了假，两个人搬了一箱香蕉、一箱菠萝到坪山投奔表叔。罗浩然手下产业很多，除了药店、诊所，还租了一整栋楼开印刷厂。听说李争高中毕业，一直在做生意，就留他为厂里跑业务。

李争嘴皮子利索，头一个月就跑了两个单，不大，但也不小。罗浩然觉得他有培养潜力，带去见了几个老客户，回来一二三四五六七，逐条跟他讲注意事项。

逾数年，印刷厂越办越红火，李争来的那一年营业额还不到一千万，第三年已翻倍增长。罗浩然干脆把印刷厂交给李争，反正是亲戚，自己还可以腾出手好好管管药店和诊所。给李争的年薪是八万，再加年底5%的利润分红。

2008年春杪，李争抱怨网络对传统印刷业冲击得太厉害，再加上亚洲金融危机，印刷厂亏损严重。罗浩然一惊，停下手里的事，回到印刷厂。账面上只剩下不到十万块钱，近半年没有订单。罗浩然责问李争为什么不早报告，李争说他以为这只是暂时现象，自己可以撑过去的。

几年未接触印刷业务，罗浩然一时无从下手，只好先关了厂子。未几，又传来李争在龙岗租厂房招熟练印刷工人要开印刷厂的消息，罗浩然仍不相信，直到李争发来短信。李争说他有从业经验，还想搞印刷。表叔的机器如果甩卖，请首先考虑他。

罗浩然有天路过李争的厂房，顺便上去探望。厂子里热火朝天，李争碰巧不在。跟单员不认识罗浩然，说他们不愁订单，挑着做。联想到薛青青在微信里发的新房图片，罗浩然恍然大悟。他指责李争带走厂里的客户，掏空了自己的厂，买房又办厂。李争分辩说，他不可能一辈子总给别人打工。两家从此闹翻。

2015 年冬，李凤鸣病重，胃癌晚期，吃不下饭，只能靠输液维持。李争开了新买的大奔回去，问娘和两个兄弟，爹还有什么念想。娘说，你爹几年前就说想去深圳看看你的新家。李争半晌无语。晚上吃饭时，娘又对着李争说，你有钱了，能不能带你爹到外面的大医院再看看？两个兄弟也附和，就是，爹以前最上心的就是你了，既然回来了，就带爹到好医院看看吧。李争喊了一声，一副见过大世面的决断，都这个样子了，死到半路上怎么办？在家里做点儿好吃的吧，去哪儿还不是白费钱？

待了一天，李争要走，电话太多，好多事要回深圳处理。薛青青在一旁小声劝阻，你爹熬不了几天了。李争说，等他断气咱再回来。

走了两百公里，老家打来电话。李争划拉电话的当口，方向盘打偏，车子被两边的护栏划伤。李争停下车，惊出一身冷汗。电话回拨过去，李凤鸣五分钟前咽下最后一口气。薛青青在一旁小声嘟囔，肯定是你爹在生你的气。

深圳西站

邓保光初见深圳，是在电视上。那时候，王畈还没通电，他是在镇中学他哥哥那儿看到的。电视剧叫《外来妹》，说的是一群山里女孩子的打工经历。那些女孩子大多都不好看——那时候他还不知道有化妆师，对电视上的一切深信不疑。但深圳的高楼，旖旎的灯光，甚至那些港味普通话，都牵绊着邓保光。彼时，邓保光已初中毕业两年，在村里做没有编制的代课教师，拿年薪，三百元，免提留。过年时有人劝他去南方打工，他说等送罢这一届学生再说。

一学年又是一学年，邓保光才辞职进城。城是县城，邓保光买了辆二手三轮搞营运，晚上住在哥哥逼仄的厨房里——哥哥早一年调入县城中学。不是不想去深圳，他有残疾，怕人家工厂不收。

十一岁时，邓保光在村头小桥上玩耍，不慎落到桥下，摔断了胳膊。不要说给他看病，家里连出门坐车的钱都没有，他只好用衣服吊着胳膊，等它自然痊愈。两天之后，胳膊肿痛得难以忍受，一家人哭着把墙上留做来年当种子的大蒜取下来，割下蒜头，卖了换医药费。可能是误了医治的最佳时间，邓保光的胳膊最后只能伸到一百五十度。

在县城那几年，邓保光的生活犹如打仗，除了要抢客人，还得躲避交通稽查——他没有驾驶证，更不想交管理费。每天死守在哥哥学校门前，等客人。哥哥教导他，干啥都得用心，遇到多个客人去同一个地方，要主动问一问他们是不是去开会，估计什么时间会议能结束，然后提前去候着……这样的日子远不如当教师体面，但邓保光手里没断过小钱。下雨天，偶尔还会和几个开三轮的朋友打打牌。哥哥见了，厉声呵斥，怕他走上歧路——舅舅就是因为赌博成了村里远近闻名的寡汉条子。有一次，邓保光正在牌场，哥哥找上门，越说越急，踢了他一脚——哥哥怕他这样下去也成了寡汉条子。其时邓保光已经二十三四，找老婆已经迫在眉睫。王畈那里时兴早婚，女孩子们十六七岁都已经定好亲事。但邓保光倒像胸有成竹，让他们放心，打不了光棍。

邓保光的桃花开在2000年。有人上门说亲，女方是哥哥同学的侄女，脑子不太灵光，但也不傻。这对二十七岁的邓保光来说简直是天上掉下的馅饼，家人慌不迭地应下，邓保光却犹豫不决——朋友又为他牵了一条线，对方相貌虽中等偏下，但一切正常。

婚后，邓保光被老婆拖去深圳打工——三轮车贱卖了，跟南方的工资比，那点儿钱算什么？邓保光不敢说他胳膊的事，连老婆都瞒着。到了深圳，老婆很快进了厂，他却在工厂外面游荡了近两个月——工厂喜欢女工，男工只招高中毕业生。打电话回去给哥哥，做了一个假高中毕业证，邓保光才算有了工作。第一次领到工资，他几乎一夜没睡，一千块钱，是在县城工作的哥哥工资的两倍。

现实生活中的深圳一点儿也没有他第一次在电视里看到的斑斓多姿。人在生产线上忙碌，像机器上的一个零部件，时间长了谁都会觉得枯燥无聊。身边不断有老乡辞职、进厂，有人跳到待遇更好的厂，也有人出去单干，开小店，跑业务，甚至传销。小民是其中的佼佼者，他与邓保光同龄，两家相距不过百米。但小民能折腾，回去当兵不成，又去学开车。跑了两年货运，现在做原材料，听说已经赚了上百万。座驾就是明证，先是大众，后换成奥迪，现在奔驰宝马都有。有人说他早过千万了，邓保光不太相信，千万是多少？百万就已经超过了他的想象。小民送货经过邓保光这里，偶尔会来看看，建议他别打工了，在厂门口开个小吃店，哪怕只卖早餐，也比他工资高得多。邓保光不是没有考虑过，资金不成问题，他要是张口，小民不会拒绝的。但他怕事太多，应付不过来……

四川人好像看透了邓保光的心思，在厂门口盘下一间房子，做早点，卖各种肠粉。生意好得不得了，又去另外一个厂门前复制了一家。邓保光也不后悔，自己发不了财，太畏首畏尾，却愈加佩服小民的商业眼光。小民还拉过他一次，他想在南山开一家快餐店，交给邓保光夫妇打理，投资他八邓保光二，收益邓保光六他四。邓保光回去翻出自己的存折，上面已有四万元。十年前他当代课教师时一年只有三百块钱，邓保光觉得自己简直成了百万富翁。四万，他之前根本没想到这辈子能挣到这么多钱。想了一夜，邓保光还是拒绝了，他太宝贝这四万块钱了，万一投出去收不回来怎么办？老婆也不积极，万一没客人呢，万一客人食物中毒了呢，万一……还是放在屋里安全。

有时候回老家，哥哥会说，深圳机会那么多，你怎么不自己干点什么呢？你看人家小民……

邓保光说，有几个小民？咱们村几百个在深圳打工的，不就小民自己发了财？

还有一句话邓保光没敢跟哥哥说，你的同学不也有当校长当局长的，你怎么不努力？

邓保光在深圳的日子无比安定，无比满足。无论在哪个厂，他都不惹事，不拉帮结派，更不会去找劳动局维护权益。老板省心，但也不会因此器重他——如果工厂里全是像他这样没有"野心"的员工，那就是死水一团。在深圳十六年，邓保光没有得过任何形式的奖励，哪怕是口头表扬。如果硬要给他颁个奖的话，也只有安分守己奖。他只跳槽过一次，还是因为老婆生第二胎，回来厂里已没有位置。

2017 年，邓保光四十五岁。他遇到了从前的工友，两人都不知道彼此的姓名，邓保光只知道他是重庆人，比他小两岁。重庆人很惊讶，你还在打工？深圳房子均价已经五万，你打多少年工才能够买一个厕所？邓保光被问住，铁板的事实，他心里当然清楚。重庆人问他是不是错过了好多机会，他想了想，也没有多少，就一次。重庆人又问，后悔不？邓保光老实地答，有点儿。重庆人说别后悔了，现在机会又来了。有一种香港产的按摩椅，你买十万元的货，转手就能挣一百万，你算算赚不赚？很简单的账，做过代课教师的邓保光自然算得出来。这么挣钱，会不会有陷阱？重庆人撇了下嘴，富人眼里都是商机，穷人眼里都是陷阱。

邓保光决定冲一冲，他不想再错过机会。但他手里没有钱，钱在老家县城买了房。哥哥问他，那按摩椅都是什么样的人用，你知道不？邓保光说，谁都可以用。哥哥笑，谁都可以用是理论上的，你用吗？你身边的工友用吗？邓保光想了想，还真没有人用。那玩意儿，还真不胜买几斤肉吃。停了停，又说，深圳有钱人多啊。哥哥再问，你认识几个有钱人？邓保光把自己认识的人重新在脑子里过了一遍，除了小民，再找不出一个……

夏秒秋初，儿子升入高中，女儿也转入县城小学，再加上母亲年迈，邓保光退了在深圳的简易出租屋——老婆回厂里住集体宿舍——撤回老家。火车票是最便宜的那趟，深圳西站始发。西站还跟他来的那年一样，与深圳这些年的巨大变化形成强烈反差。他还记得来的时候接他的老乡说过，西站要拆。十几年过去了，现在他要回老家了，西站还衣衫褴楼地杵在这里。邓保光心里略有安慰，西站的存在，说明像他这样在这儿打一辈子工老了还得回去的人还是大有人在的。

女汉子

　　杨玲不喜欢上学，每到考试都头疼，父亲带她四处求医。考试结束，又恢复如常。久了，被识破，父亲哭笑不得。熬到初二，头疼也不装了，干脆逃学。父亲一顿胖揍，她死活不愿再进校门。过罢年，跟着小姑去了深圳。

　　小姑的厂是日资企业，不敢收童工，杨玲被介绍进了一家黑厂，给衣服打包装。她手脚利索，一会儿就包一大堆。黑厂童工多，一遇上级检查就给工人放假。杨玲喜欢放假，能出去玩一天半天。未几，有人从工厂六楼跳下，老板怕嘴杂生事，每人塞了点儿钱，将工人遣散。杨玲借了张身份证，转到一家玩具厂。新工作是喷油，两个月不到，鼻子奇痒，去问医生，说是过敏——油彩属有毒有害物质。

　　春杪，转进小姑的厂。拉长问她多大，答曰十八岁。拉长不信，碍于小姑情面没再盘问。晚八点到早八点，四个人看一台机器，十二点一顿夜宵，早晨六七点再轮流出去早餐。逾半年，厂里出新规，上班期间不允许外出。杨玲受人撺掇，匿名在工厂报栏画了个大乌龟，指责厂长管理不人性。厂里很快查出她是作者，让写检讨。杨玲不写，要跟厂长理论。时值圣诞，工厂要赶货，需要大量熟练工人，顾不上她，事情不了了之。杨玲初生牛犊不知深浅，号召工友斗争到底，准备第二天六点集体停工出去吃饭，迫使工厂废除新规。小姑听说，拉住她劝，咱出来打工挣钱，别惹事。杨玲问，是我惹事还是工厂惹事？小姑说，厂里几千人，人家都不管咱凭啥去管？杨玲说，几千人不管就是因为都有你这种想法。咱自己的权益，自己都不争还指望谁？拉长害怕，汇报上去，领头的几个人分别被叫去谈话。第二天晚上有人传话进线上，新规作废，值班工人可以轮流出去吃饭。

工厂虽大，但业余生活枯燥。有人给她介绍男朋友，小姑说她还小，再等几年。背着小姑，杨玲见了好几个男生，一个叫小杰的，看着还顺眼，单独约会过几次。行至公园无人处，小杰经常动手动脚。杨玲也不反感，只是紧张。小杰以为她应允，拖着进入小树林。裤子被脱到脚踝处，杨玲又拽上去。晚上值班时反复回忆小杰的一举一动，好奇心到底占了上风，第二天小杰再来，带她去了出租屋。事后，小杰去冲凉，杨玲扯过被单盖住身子，心里空荡荡的，好难受。那一年，杨玲十六岁。

第二个男人是她老公，在老家小学当老师。老公对那事不上心，非得杨玲主动。她每次像被抛在半路上，上下不得，又不好意思说。头两年还好，怀孕，生孩子，日子过得满满当当的。第三年春节，杨玲劝老公去医院看看。老公说看过，不中。杨玲留起心，再发现专治"举而不坚坚而不久"的小广告，都记下电话。买了几次药寄回去，老公不愿喝。杨玲有点儿生气，那一小包顶我一个月工资知道不？

无聊时，杨玲老是回想起和小杰的那一次。十分钟？肯定不止——小杰应该是熟手，还让她换了两次姿势——半小时也说不定。她想找小杰再试试，这种感觉越来越强烈。

小杰在东莞一家鞋厂，已经结婚。见到杨玲，一惊，还以为她来找事。正好小杰老婆回老家了，杨玲在东莞住了一晚，第二天早晨打电话到厂里，又请了一天假。那两天，杨玲知道了啥叫做爱。她给老公打电话，说咱们还是离婚吧。老公问，为啥？杨玲说，你还不清楚？老公那边沉默半晌，才道，这么多年不都这样过了？杨玲说，这么多年这么过了是因为我无知。继而传到娘家，说杨玲外面有了人，要离婚。父母挨个打电话，严词批评，从小到大都乱折腾，这次可不能由你！婆婆不明真相，也打电话劝，说你还有啥不满意的？他好歹也是拿国家工资的，孩子又不让你照护。再说了就不怕孩子受苦？杨玲说，我们这样将就，孩子将来受的苦更多。

一晃，小姑退休，办手续时才知道厂里 2012 年才开始给工人买社保，小姑退休后的工资才几百元。杨玲听说后，让小姑去找厂里，六月份工厂解雇过一个大学生，补齐了社保金人家才走——大学生是人，小学生也是人啊。两个人一道去人力资源部问，在厂里做了十七年，不能才给买四年的社保？对方答，我们也没办法，2012年才有政策。

杨玲让小姑去劳动局，劳动局踢皮球，说过了追诉期，让回厂里解决。杨玲又带小姑去信访局，信访局让她回去找与工厂签订的劳动合同。农民工不知道合同的重要性，又老是搬家，没人保存那几片纸。小姑好不容易找到一份2012年的合同，拿到信访局，对方说好，这是份无固定期限劳动合同。回厂里打印工资流水，主管只答应打印最后一年的。杨玲说，这次可是政府部门让我来的，你不给打我投诉你。主管无奈，让他们先写申请，同时汇报到厂里。厂长气急败坏，要给杨玲调岗。杨玲拿出劳动合同，说不经过双方达成一致协议，你们没理由调动我的工作。小姑也在一旁嚷，难道我们工人就没一点儿自由吗？你们让我们杀人我们就得去杀人？主管没好气，说你进了厂，厂里给你拿工资，叫你杀人你就得去！主管的同事过来拉他，杨玲知道他们理亏，灵机一动，威胁说，我录了音，你们得为你们刚才的话负责。

杨玲在微信群里发动工友联合起来，要求工厂补齐2012年之前的社保金。厂里害怕了，把几个工人代表请去谈判。他们坐在大圆桌的周围，每个人面前都摆着橘子矿泉水。有人发微信说，这是来深圳最激动的时刻，竟然与厂长坐在一起。

厂长说，厂董事会已经开会研究过此事，决定三年内补齐所有工人的社保金，文件马上向全厂公示。有人不同意，听说工厂明年就要迁到东莞，三年不行，必须一年内补齐。

厂长出去打了个电话，回来说，这样吧，董事长答应一个月内先将你们几位代表的补齐，其他工人的得慢慢来，因为所需资金庞大，请大家理解。几个代表都不说话，杨玲仰着脸，说你光巴结我们没用，我们代表的是全厂工人。一年，给你们一年时间，你们补齐所有工人的社保。同时告知厂长，我们还要申请成立工会，保障我们的权益。

出门后，几个代表即被监视，上厕所也有人盯着，怕他们相互联系。未几，杨玲被调到与东莞搭界的仓库，很少再见到工友……

售后服务

　　贾贵平小的时候就得了个小叽咕的称号。他跟着大人赶集，在镇上垃圾堆里捡回几个明晃晃的废灯泡，舍不得丢。电灯泡靠里面的芯发光，要是把手电里的小灯泡通上电放进去，不也跟镇上的电灯一样？遂小心将废灯泡后面掏空，塞进去一个与两节一号大电池相连的小灯泡。小灯泡经过透明大灯泡的放大，照得屋里亮堂堂的，贾贵平一家因此比王畈其他人早十年用上电。初中时，贾贵平又让家里用上了一拧就出水的水管——他在厨房顶上沏了两个水池，压水井压出来的地下水用来做饭，接的雨水夏天淋浴。

　　高中毕业没考上大学，贾贵平回去跟父亲收粮食，一车花生米拉到广东，被人骗走，损失二十多万。贾贵平佯装到技校报名，理清人家的程序，回来就在县城开办了向华下岗再就业培训班，政府免费给他提供场地——上面有政策有资金，要求培训国有企业下岗职工。每到傍黑，贾贵平带着一帮学员，穿着白大褂，在剧院门口的空旷场地抡勺操练，教学的同时还能经营夜市。电视台、广播电台也被带动起来，向华成为他们的主要客户。最好的时候，贾贵平一个月能挣一万多。

逾二年，生意滑落，贾贵平回镇街开饭店。弟弟春节回老家，说在深圳买了一套房，贾贵平为之一振，心想，我在家里这么累也挣不到能在深圳买房的钱，弟弟一个国外的贸易网站这么挣钱？那时候，贾贵平对互联网还一无所知，但他凭直觉感到那玩意儿应该很厉害，马上组装了一台电脑，一边炒菜一边重新捡起英语，同时关注着所有对外贸易的新闻报道。

准备了一年，贾贵平关掉手里的饭店，老婆留在家里要尾账，自己单枪匹马赶到深圳，跟着弟弟干。弟弟的生意主要集中在阿里巴巴和亚马逊上，商品五花八门，什么都有。贾贵平另辟蹊径，专卖摄像头。他懂英语，自己做客服，摄像头的功能早背得滚瓜烂熟，价位又不高，销量居高不下。忙不过来，又请了老家两个亲戚过来备货、打包。年底算账，竟然赚了几十万。

第一次打野食，是在龙岗，贾贵平请一个客户吃饭。客户微醺，不愿回广州，要找小姐。还劝贾贵平，你挣那么多钱不花干吗？贾贵平想想也是，自己竟然没有任何爱好。

一排女孩站在他们面前。贾贵平不习惯，觉得这场面像到菜市场买菜，不好意思挑拣。客户轻车熟路，先挑了一个丰满的，见贾贵平犹豫，兀自又替他定下一个。

翌晨回家，老婆见面就问，知道今天什么日子不？

贾贵平心里一紧，以为老婆知道了。又一想，不可能啊，宝安离龙岗那么远。惴惴地问，劳动节？

五一还远哩，老婆一脸不高兴。

你生日？贾贵平放下心，正准备查农历，八岁的儿子一旁喊，我知道，肯定是你们的结婚纪念日！

老婆笑，看，连儿子都知道。

贾贵平问，小屁孩，你怎么知道？

电视上女的都是这样问男的，儿子一脸得意。

老婆骂他，学习不用功，乱七八糟的事儿懂得倒不少。

贾贵平趁机跟老婆表功，要在天猫、淘宝、京东开通电子商务。主要业务是智能化，贾贵平觉得这是未来家庭装修的方向。

坚持了三年，生意渐有起色。又开了塑胶厂，招了50多个工人。厂里一个四川姑娘符合贾贵平的审美，皮肤细嫩白皙，丰腴又不失苗条。她提的意见，贾贵平悉数采纳。还给她加班机会，加班费格外丰厚。那姑娘似有所悟，乐得有老板照应。贾贵平思虑再三，不敢下手，一怕女孩有恃无恐，乱了工厂；二怕女孩要死要活黏上他。

贾贵平将目光转向小孟，她是上门推销的业务员。第一次请她吃饭，贾贵平问小孟有什么爱好，小孟想了想，运动算不算？当然，贾贵平说。小孟说平时喜欢打羽毛球，大学期间得过学校第三名。贾贵平问，现在还打不？小孟说哪有时间啊，天天忙着跑业务。周末约她去球馆打球，买好水、两副球拍，还为她买了不必要的护膝。贾贵平打不过她，发誓给他一年时间，肯定能超过她。

一年未满，就是北京奥运会，贾贵平要带小孟去现场看羽毛球比赛。小孟为难，看球请假，恐怕公司不答应。继而又安慰他，看电视转播一样的。贾贵平在酒店开了房，两个人一起看女单决赛。

贾贵平更看好谢杏芳，小孟问为什么，他答不上来。小孟笑，你是看人家长得好吧。贾贵平也笑，是啊，要是你上去打，我更看好你。小孟红了脸，我这水平，哪能跟人家比？贾贵平一把揽住她的腰，你比谢杏芳好看。小孟想挣脱，贾贵平双手抱住她。怎么？嫌我老？小孟低着头，人家，人家还没结婚呢。贾贵平手伸进她怀里，早晚都要结的，不如现在先试试。小孟还在挣，你又不跟我结婚，为什么要跟你试？

逾数年，小孟为他诞下一女，取名贾孟。贾贵平与老婆只有两个儿子，因此格外疼爱贾孟。小孟定下规矩，贾贵平每天都得来看她们母女一次。贾贵平说不可能，现在公司刚刚抢下一个大单，三个月要装好五千多套房子，哪有时间？改为每周一次。

贾孟上小学，贾贵平给小孟买了辆车。两人见面愈来愈少，小孟威胁要去他公司闹。贾贵平哄劝，公司在广州又接了个大单，三百万平方的装修工程……

小孟不听，工程工程，做不完的工程！我们不是你的工程？工程做完，售后服务也得有吧。

贾贵平一时没反应过来。如今我们这行，靠的就是售后服务。开发商为了降低成本，谁的价格低要谁的，才不管你售后赚多少钱呢。

我说的是我们，小孟扑哧笑了。人你睡了，还给你生了个闺女，你就不讲售后服务了？

得讲得讲，贾贵平诺诺。

终身保修，小孟说。

终身保修。贾贵平说，这么大的工程，必须的！

青与蓝

相较于大多数地区来说，深圳的早晨更早晚上更晚，这一点，温明亮体会尤深。

六点起床，六个人轮流上厕所。温明亮常常起得更早，他要到更偏远的地方——越是偏远的地方机会越多。晚上八点回来例会，表姐看到个个垂头丧气，并不气馁，她在小黑板上写下阿拉伯数字二十，说这是你们一天要联系的客户数。然后又写下五千，这是一年要联系的客户数。第三个数字是五十，这是最终的有效客户。当然，成交的更少，五个左右。其中，有一两个可能会成为你以后的核心客户。温明亮那天没有达标，别说二十个，一个他都没见到——他在科技园耗了一天，连人家的办公室都没进去。

表姐是温明亮大姑的女儿，也是老板。她十八岁来深圳，跟人做办公用品生意，二十二岁成为老家那一带的传奇——在深圳有房有车，还有存款。温明亮学的是化学教育，回老家做了一名中学教师。跟所有乡下孩子一样，他也向往大城市，上高中时就听说表姐一个单挣了十万，心驰神往……温明亮瞄上了日产汽车销售公司，他从报纸上得知他们有四千多员工。公交车晃两个半小时才到科技园，大门口到处都是和他一样掂着包的，都想进去推销自己的产品。保安对没有挂牌的格外戒备，先问找谁，再电话征得对方同意才放行……温明亮说不出名字，只能在门口寻找机会。

年余，五个业务员全换了一遍。温明亮升级为老员工，却没有跑成过一单生意。表姐有应酬回不来时，就让他给新来的人上课。温明亮心里清楚，自己跟他们一样，但又不能明说，他学表姐，依次在小黑板上写下那些数字，给新人鼓劲，也给他自己安慰。

温明亮隔三岔五还会去科技园。有一次他听到门卫室有人提到日产，赶紧跑过去。那人正在登记，保安在旁边打电话——他看到对方摁下前三个号码，另一个保安过来把他轰了出去。整个下午，温明亮一直在打电话，前三个号码是他当时记下的，后面不停地换着打。未果。例会上说到这个，新来的高中生轻笑，5个数字排列组合，你得打多少个电话。

温明亮随着上班的人群混进去过一次。到了日产汽车销售公司前台，又被赶了出来。下楼的时候，他从电梯镜子里看到自己的形象，胳膊下夹着包，身上是变了形的西装，自己都觉得猥琐。温明亮决定放弃，他一个大专生，回内地中学完全能够过上有尊严的生活。

表姐在当天晚上的例会上说她又拿下一个公司，成交额五十二万。温明亮再次被刺激，她一个高中生能成，我为什么不能成？遂按下回老家的念头。

　　翌日，温明亮再次混进科技园。有了上次的教训，他没有再去前台，转身藏进楼道厕所。碰到过来方便的就上去搭讪，终于弄清楚日产汽车销售公司中国采购中心负责人姓名。中午十二点，前台下楼吃饭，温明亮从橱窗里看到黄菲的照片——在五一劳动节乒乓球比赛中，她获得女子组第三名。晚上下班，温明亮在电梯口等到黄菲，顺利交换了名片——按表姐的教程，找到负责人就算成功了一大半。黄菲手里名片太多，表姐提醒温明亮，要及时跟进，加强联系。日产汽车销售公司肯定会有订单，交不交给你，就看你的沟通能力了。温明亮不敢懈怠，时不时打电话或发短信问候。遇有节日，买了礼物专程送去，还得装着顺道拜访——不能让人家烦，更不能让人家有压力。

　　2004 年 12 月 28 日，温明亮成立自己的公司，开始创业。办公地点仍没离开龙城广场，温明亮恋旧，他熟悉周边哪个街巷早餐有粥喝，晚上哪个饭馆比别处便宜……招了四名业务员，底薪比表姐多了两百元。他后来看深圳大事记才知道，这一天也是深圳第一条地铁开通的日子。

　　开门第一单生意正是来自日产汽车销售公司中国采购中心，三十台电脑音响。订单太小，还要求售后三年的免费服务，温明亮知是试探，还是签了单。未几交货，果然又签了两百台打印机的购买合同。

　　春节，温明亮跟着父母去表姐家回年，大人小孩都备了礼物——姐夫两瓶茅台酒、表姐一套兰蔻、表侄一个八百元的红包。姐夫直言惭愧，温明亮赶紧声明，他今年挣了大钱，与之前表姐的培养分不开，理当感谢！表侄在打游戏，电视机轰响，温明亮怕表姐没听到，提高嗓门说他今年挣了八十多万。确实多，买了车，剩下的钱还太多，又买了两家上市企业的原始股。姐夫掰着指头替他算，不错，你来深圳还不到四年。

温明亮踌躇满志，给公司制定了长期规划，花十万元出去学习，参加各种短训班。他比表姐视野开阔，一眼看出价格战的短板，提价 30%——配置上了一个档次，竞争力强了，利润也随之小幅提升。

逾数年，黄菲转到某大型企业任采购部部长。因为价格限制，一家企业无法再与黄菲所在的公司合作，黄菲转手将其介绍给温明亮。温明亮充分利用黄菲的资源，联系货源，为该企业提供了同样品质价格却低了很多的优质服务，从此将其发展为自己的核心客户。在黄菲的引荐下，温明亮与国内十几家大型企业的采购部取得了联系。

温明亮这边攻城略地，表姐那边的阵地接连失守，几个核心客户都被撬走。她约温明亮吃饭，说她投资股权，最近资金有点儿紧张，想借两百万周转。温明亮爽快答应，婉转表明真心，自己没有挖她墙角。建议她不如扩大投资范围，除了股权，也可投资房产。怕她不信，直言自己这十多年一直在做股权交易，算是资产配置。

饭后出来，外面变了天，细雨在灯影里雾似的飞溅。街上行人愈发稀少。偶有跑步者追上来，一阵风似的，又消失在拐角处。

奖赏

张光年虽是农村人，但祖父做过小学校长，也算出身于知识分子家庭。到他这一代，无论知识还是家境，都越来越萧条。弟兄三个，都没上完初中。老大张光明，娶了个好老婆，把他带到省城，做小生意。老二张光辉靠着祖父的一点儿人脉，部队转业进了县城一个小厂，未几失业，今儿卖苹果，明儿卖假化妆品，什么挣钱做什么。

父亲喜排场，留下张光年在屋里守老营，种地，收割，撑着张家的门头。有一年过年，表哥领着新娘来拜年，张光年受人撺掇，与表哥拼酒。一杯四两，张光年并不觉得异常。第二杯喝下，脸变得赤红，全身发热，缠着新娘摔跤。众人稀奇。张光年平日给人的印象就是懦、寡言，算三兄弟中最老实的。

到了适婚年龄，张光年娶了老婆姜利敏。姜利敏开朗果敢，与张光年正好互补。夫妻俩置了台轧面条的机器，闲时就在镇上轧面条。逾数年，竞争加大，利润变薄，姜利敏做主盘出机器，让张光年买车出租。

2002 年，姜利敏的二姑从深圳打来电话，说老板要招一个司机，月薪一千五百元。夫妻俩卖了车，儿子托付给爷爷奶奶，赶了过去。

老板姓黄，包工头，给人建私房。张光年的任务是帮他开车，拉石子等建筑材料。领年薪——年终结账，做生意的总是需要资金周转，工资无法按月兑现。不过，平时缺钱了也可以借。有时候，年终也拿不到工资，黄老板紧张了，便写张白条，先欠着，发一点儿钱过年。不断有人劝张光年，拿到钱赶紧走吧，压一年又一年，别最后老板跑路了一分钱都拿不到。张光年觉得黄老板对他还算实诚，不像那种跑路的老板。

五年之后，黄老板又有了第三个老婆。家大业也大，黄老板又买下挖掘机，打算把抵债给他的坪山镇某村一座小山和一片田地推平。张光年的工资也涨到两千四百元，整日在工地上往返运土。

张光辉催张光年回县城买房，深圳毕竟不是家，老了回来得有个住的地儿。姜利敏拿着二十万块钱回去，带着几个亲戚去看房。这个一句那个一句，再好的房子也能挑出毛病，自然没买成。张光明不知道从哪里听说了，追到深圳。

张光年给大哥订了酒店，姜利敏骂他，自家兄弟面前还要打肿脸充胖子，家里不比酒店住着方便？一天一百六十元，还不如省下来请他吃顿好的。张光年闷头不语，任姜利敏吵骂，大哥多少年不就来这一次？他瞒了姜利敏，酒店其实二百三十八元一晚。

酒过三巡，张光明才说明来意，想借他们买房的钱。姜利敏没法拒绝，谁让她那么高调地回去买房？问他做啥，张光明只说一年保证给他们六万元利息。姜利敏追问啥生意，利息这么高？张光明想了想，说炒房。姜利敏说既然你也是拿这钱做生意，咱就该咋着咋着。你也不容易，我们不要六万，给四万就成。张光明折中，说那就五万吧。张光年觉得兄弟两个这样讨价还价终是不好，闷着头吃饭，也不插话。写借条时，张光明写的却是四万。

翌年，姜利敏意外怀孕，希望生个女儿。不想，生下来又是个带把儿的。两个儿子，夫妻俩压力倍增

夏秒，黄老板在自己平整后的地皮上开了家箱包厂。张光年从泥土车上下来，又上了两排座的客货两用车，工资涨到三千六百元。

第一年，张光明按时打了四万元利息过来。第二年，说是生意不太好，让等等。等到第三年，姜利敏提醒张光明别忘了头一年的利息也应该算作本金，反正张光明他们是合伙生意。张光明没有回话。姜利敏心急，让张光年催讨。张光年嘴上诺诺，却张不开口，毕竟是自家兄弟。姜利敏撇了张光年，自己发短信过去。张光明还是不回。姜利敏以为对方没看到，又发了一次。这次张光明很快回了一个长短信，像是早准备好的，说去年推荐你们买的一个股票，现在翻了十几倍，还不够抵利息？

姜利敏心下一紧，要依张光明的逻辑，那二十万本金怕是也要不回来了。晚上讲给张光年听，张光年僵着脸，仍不言语。姜利敏急了，当着张光年的面给张光明打电话，你给我们推荐买股票赚了是不假，我们承你的情。合着将来那股票要是再涨了，我们还得找给你钱？你闺女小时候我抱过她几次，她现在考上大学你是不是也得给我点儿补偿？你以为我们攒二十万块钱容易啊？你兄弟白天在工地上累死累活地干，晚上还去外面工地上给人家开夜车……张光年拦住她，不让她再说。姜利敏带着哭腔，你上次来不是问我们家那辆又大又笨的自行车干嘛用吗？我告诉你，是你兄弟不出车时当人力车夫挣钱的工具！那边张光明的底气渐渐不足，说我们生意确实不好……姜利敏打断他，好不好你自己知道，我就知道你今年换了新车。

过了两日，张光明打来二十万本金，算是两讫。两家从此生了罅隙，来往稀少。

2014年，箱包厂拆迁，政府赔了十几套房子、补偿金若干，张光年转而开上大奔，成为黄老板的专职司机，接送客人以及家里的孩子上学。黄老板允诺，拆迁补偿的房子里，张光年和厨师每人一套。

2017年中秋，正在老家的张光年被急召回深圳。黄老板心肌梗死，不治身亡。高铁上，夫妻俩神情恍惚，姜利敏担心黄老板的诺言兑现不了，张光年为只有五十五岁的黄老板惋惜。

丧事回到黄老板老家潮州举行。下葬前一晚，众人守夜至凌晨，楼上突坠异物，砰然作响。近前细看，是黄老板二老婆的儿子。姜利敏觳觫不已，暗自敲打张光年，老婆多了有啥好？孩子个个活得别扭。第二天打扫卫生，肥皂水、洗衣液都用了，还是刷不净血污。张光年找来石刀，将有血污的水泥铲掉一层。污渍没了，却留下一个大大的人型凹坑。

逾数月，黄老板的大儿子接管家事，召集全家开会，张光年和厨师也被叫去。在律师的见证下，新老板宣布，按父亲生前的意思，他们兄妹九个每人一辆车，男孩每人五百平方米的房子，女孩每人一套一百平方米的房子。张光年和厨师因为在这个家服务了十五年，每人也分一套，但须支付每平方米七千元的购房款。张光年的工资提高到五千六百元，但每月只发三千元，余数作为购房款，直到扣完为止。

晚上回去，张光年随口说给姜利敏，姜利敏像中了奖一般，大喜。俄顷，又掩面痛哭。张光年一时不知所措，突然想到张光明，沉默半响，隐觉面部发痒，一摸，一手热泪。

身心灵

　　杨娟红清楚地记得那个夏天的傍晚，天空高远，白云缥缈。母亲和左右邻居坐在当院的树荫下，一边做针线活一边闲话。有人逗她，娟红，长大了想干啥啊？杨娟红答，当城里人。母亲夸张地撇嘴，你以为县城那么好进啊？杨娟红喊了一声，县城也算城？人家追着问，那你想去哪个城？杨娟红蹦跳着答，深圳。众人哄笑。那时候，杨娟红七岁。

　　上了中学，杨娟红开始茕茕孑立，形影相吊。身边的同学都读《第一次的亲密接触》，她读张爱玲——她嫌他们幼稚。高考落榜，杨娟红没有选择复读，去了郑州的一所民办大学学金融。大学毕业那年，老师同学见面都问要去哪儿，杨娟红总是干脆地答，深圳，仿佛她已与深圳的用人单位签好了协议。

　　领过毕业证，杨娟红买了一张去深圳的火车票。火车还没进市区，一个小孩指着远处的楼群喊，深圳深圳！杨娟红虽在郑州待过四年，但也没见过这么密集的高楼，它们像从地底下突兀长出来的芝麻秆，一棵挨一棵，参差不一。知道自己要在此长期生活，杨娟红努力压抑着内心的激动。

杨娟红形象好，大眼睛，瓜子脸，一米七二，身形也似芝麻秆。应聘第一份工作即被录用，外资公司总裁助理。逾半年，老板调她去公司旗下的宣传部工作。杨娟红意外，我一个学金融的，去宣传部能做什么？老板说，我也没指望你去做宣传，我是让你管理宣传部门。少时，杨娟红抱怨同事的稿子语病太多，几乎都需要重新编辑。老板说，稿子不重要，重要的是他们能挣来钱。杨娟红左思右想，建议把宣传部改为事业部，强化部门职能。老板应允。年终开年会，总结过去，计划未来，老板说想调她到业务部门，杨娟红不肯，业务部门有固定创收任务，她不想给自己太多压力。老板说你是部门领导，折半就行。杨娟红思量再三，还是没有应承。

工作第一年回老家过春节，杨娟红带了男朋友。杨母不悦，这个常锋，离他们的期望值远着哩。五短三粗不说，还只是个小职员——深圳不是遍地都是老板吗？杨娟红说，他听我的，对我好。杨母知道自家闺女的脾气，她定下的事儿，谁也改变不了，只得以女婿之礼相待。

儿子三岁时，杨娟红开始学习心理学，洗碗的当儿还在听辅导老师讲课。常锋笑她，这么拼，还想做心理咨询师？怪不得你妈说你从小就心气儿高。杨娟红纠正说，不是心气儿高，我只是清楚自己想要什么。关了手机里的课程，坐到沙发里与常锋谈心。你不知道，这两年天南地北地跑，见多了奢侈豪华，见多了高人，自己脑子里什么都没有，我心虚啊。常锋说，你有金融专业的基础，怕什么？杨娟红说，金融是一门很虚的学科，算不上谋生技能。常锋问，心理学算？杨娟红说，我一直觉得心理学很神秘，能读懂人心。我从小到大都不开心，我得想想办法分析分析自己。常锋说，我来帮你分析。不开心是因为你不满足，老是觉得还有另一种活法。杨娟红惊讶，你怎么知道？常锋喊了一声，谁不是如此？

逾二年，杨娟红辞了工作，怕常锋责怪，过了两天才说。常锋像是早有预料，说跟我做网站吧，咱自己开个公司。杨娟红说，我想做美容。不待常锋插话，又说，在外资积累了这么多客户资源，我得好好用用。

美容院坚持了一年，赔了几十万。那是杨娟红最落魄的时候，有同学从内地过来，她竟未敢招呼一顿饭。常锋也不怪她，又帮她分析，你出手太草率，从看上这个行业到签协议不到十天，缺少论证。杨娟红不服气，做商业，有时候就得果断。我只是高估了自己，以为资源多。内心不强大，谁都帮不了。其时，常锋在亚马逊一年能卖上万个摄像头，形势越来越好，他劝杨娟红加入。杨娟红说自己走得太快，想停下来休息一段时间，充充电。

彼时，心理咨询工作室已经在深圳遍地开花，去咨询或就诊的都是经理或老板，一个小时需上千元。杨娟红看好这个行业的前途，跟着导师到处跑，想考下心理咨询师二级证书。仅在南宁七天，就花了几万元听课费。常锋质疑其可操作性，说心理学过虚过玄，久了谁都不信。杨娟红急红了脸，不挣钱为什么还有那么多工作室？回到家，仍积极备考。常锋翻了翻她的书，都是心灵鸡汤，不过换了晦涩的新名词。杨娟红言之凿凿，说心理学对潜意识的梳理能改善夫妻关系、母子关系以及家庭与财富的关系。常锋问她，你学了这么久，有改善吗？当然，杨娟红说，这种学习其实也是一种自我教育。我希望借助心理学，从目前的世界看到更广阔的未来。

两年，杨娟红仅用在培训学习方面的费用就几十万，现在又与导师一起从事虚拟货币的买卖，说是"未来商业"的方向。好好的工作不做，尽做些虚无缥缈的事儿，常锋埋怨她。什么虚无缥缈？杨娟红掷地有声，我投了六万元进去，一个月不到就翻了十倍。常锋追问，钱呢，现在还有多少？杨娟红说，半年不到，我账上已衍生一百多万。常锋不信，取出来吧，买房子正好付首付。杨娟红说他目光短浅，她有更大的目标。

某日，电视节目提醒慎重投资比特币，常锋怀疑杨娟红的虚拟货币也属此范畴，怕杨娟红越陷越深，暗中请杨母来做说客。甫一见面，杨母就拉住杨娟红的胳膊上下摁捏，啥心理学也得先保证身体吧？你都瘦成这样了，学问还有地方搁？杨娟红觉得与母亲无法沟通，一个农村妇女怎么能懂心理学？主动问东问西，试图引开话题。杨母却紧追不丢，杨娟红勉强应答，满嘴的新名词让杨母如坠云雾。

出租车路过华侨城，正好云淡风轻，世界之窗直插云霄。常锋用手机抢拍了几张照片，传到朋友圈。杨母仔细翻检，放大，照片上杨娟红短发圆脸，眼神笃定，仿佛眼前即是自己"广阔的未来"。

疯女孩儿

余飞燕仿她娘，性子慢，但人活泼，笑起来，一个村都能听到。她上头还有个哥，两人相差八岁。娘到处求医问神，才有了余飞燕。

考的本来是一高，一高明文要求男女生一律不得留长发。余飞燕不舍得剪掉修了六年的辫子，转到二高。学生稀罕长辫子，都来围观。班主任没办法，也要她剪掉。余飞燕躲在寝室哭一场，赌气剪得短短的，像个男孩子。

高三下学期，班主任给余峰打电话，要他把妹妹余飞燕带回去——她谈恋爱，跟班里的尖子生。一高二高升学率都不高，尖子生是学校的稀有保护动物，班主任不敢有丝毫懈怠，搞不好就少完成一个指标，要受处分。听闻余峰刚刚大学毕业，在乡中学任教，班主任才松口，答应再给一次机会——高中抢生源，学校还指望他们乡中学支持。

余飞燕趁机跟哥哥进城改善一次生活，一路上仍是嘀零零地笑。余峰板着脸，还笑，不怕开除？

凭什么开除我？

老师说你谈恋爱……

谈恋爱？我怎么会看上他?! 你没见，那男生长得黑不溜秋的，还没一点儿内容。

人家不是尖子生吗，怎么没内容？

尖子生就有内容了？好多尖子生只知道学习，狗屁不懂。

那老师为什么说你们谈恋爱？

可能他喜欢我吧，给我买水果，送我笔记本……有一封信被班主任看到了。说完，又嘀零零地笑。

你太闹，老师说。女孩子，还是矜持点儿好。

笑就不矜持了？

你笑得太……余峰想了想说，太肆无忌惮。老师说，隔壁班都能听到。

余飞燕还笑，意识到正在讨论这个问题，赶紧刹住。

燕子，你喜欢什么样的男生？余峰问。

像你这样的，白白净净，斯文，喜欢读书……

你班里有吗？

余飞燕摇头，没有。

问她最喜欢谁的书，答曰，张爱玲、安妮宝贝。

高考落榜，余飞燕跟人到深圳打工。未几，一个新来的工人被单冲机轧断了左手四根手指。一周后，同一台机器又吞噬了另一个新工人的一根手指。余飞燕的工位就在旁边，两次亲见鲜血染红机器。逾半年，她辞职到广州一职业学校学韩语。积蓄用尽，春节回去要钱，家里还以为她进了传销窝，直到她亮出学生证。父亲大惊，正儿八经的学校你不好好念，现在去一个野学校，国家又不承认学历，不是白花钱吗？余飞燕争辩，我上学是为今后有个好工作，为什么非要国家承认？做工人太危险，我得离开工厂。父亲说，打工不就是进工厂吗？你不进工厂打什么工？还跟她算账，两年，你不挣钱不说，还要我们贴钱进去。赶紧结婚吧，结了婚你想咋折腾咋折腾，我们管不着你。余飞燕急得要哭，我才二十二岁，你们就急着让我嫁人？父亲喊了一声，才二十二岁？人家二十二岁都两个孩儿了。你看村里哪个女孩子不是先嫁了人再出去打工？余飞燕说，我管不了别个，反正我这两年不想结婚。娘在一旁笑吟吟的，知道男方是哪个不？支书家的老二。余飞燕也喊了一声，支书能当一辈子？

　　正月初三余飞燕就走了。余峰送她到车站，信封装了三千块钱塞进妹妹包里。燕子啊，哥知道你有想法，不甘心。好好学吧，有点儿学问总比一辈子做苦力强。余飞燕抱住余峰，默然半晌。听闻汽车连续鸣笛，方转身上车。

　　回到学校，余飞燕在 QQ 里给哥哥留言。我不后悔高中生活，那时候多开心啊。出来打工，才知道人不光要开心，还要有一个明晰的目标。你看我们村那么多人出来打工，在工厂干了一辈子，跟工厂的机器有什么区别？我不想做机器，我想做操作机器的人。未几，余峰回话。燕子，无论你做什么，哥都支持你！

夏秒，余飞燕毕业，回深圳应聘到一家韩资公司，同样做人事经理，工资是原来的六倍。

一晃二十八岁，余飞燕仍没有结婚的征兆，甚至连恋爱都没有。父亲在电话里唠叨，余飞燕不爱听，常常把手机设置为免提，眼睛盯着电视。那边说累了，自己挂断。

余峰也成了父亲的说客。微信里开门见山，燕子，怎么没听说你恋爱啊？

这么忙，哪有时间。

画画怎么有时间？余飞燕经常在朋友圈里晒自己的素描。

画画是我的爱好啊。

恋爱是人生大事，比业余爱好更重要吧？你是不是……

哈，你以为我性取向有问题？告诉你吧，我刚和一个男生分手。

分手了？你主动提出的？

怎么了，我不能主动？

不是，我是想知道对方怎么样。

结束了还问有意思吗？

哥帮你分析分析嘛。

同事，一米七八，大学毕业……

条件这么好，为什么要分手？

哥啊，这就是你的分析？咱俩真不像兄妹俩啊，哥你太理智，我太感性。咱俩综合一下就好了。

年少时不理智可以原谅，长大了还不理智会让人笑的。

也不一定。太理智了有时候也不见得好，比如你，有一个机会你会一点一点地分析，最后肯定会把机会分析掉。所以，你一直都没变，就这样憋憋屈屈地活着。我最早的同事也是，他们很多都是大学毕业，现在还在那个厂窝着，工资也不见涨，为什么？那个厂的薪水好啊。他们都成了温水里的青蛙，渐渐就没有了生命力。当然，我这样感性更不好，不像过日子的人……

知道你高中班主任怎么说你吗？他说你太疯。

是啊，他说得对，我就是疯。现在还是，比如画画，人家都在忙着挣钱，我一个快三十岁的人竟然跑去学画画……

余飞燕三十岁结婚，老公是网上认识的，华为工程师。那一年寒假，余峰一家三口来深圳，怕妹夫不高兴，要住酒店。余飞燕坚持住家里，他们住的是人才房，两室一厅，宽敞着哩。假期结束，余峰在回程的火车上问余飞燕，看你们相敬如宾，不太好吧？余飞燕反问，怎么不好？你希望我们吵架？余峰说不是，有时候婚姻也得有争吵，总是相敬如宾让人觉得有点儿假。余飞燕从微信上发了个笑脸，说从认识到现在，我们还真没生过一次气。这也是晚婚的好处之一，我们都已心智成熟，不会为小事分心。而且，单身这么多年，我们比谁都更珍惜婚姻。

又一年，余飞燕诞下一女，婆婆从东北过来带孩子。逾半年，见儿子儿媳每天亲热甜蜜，忍不住问，怎么没见你们俩拌嘴？余飞燕嘀零零笑，拌什么嘴？有分歧了我听您儿子的，没分歧了您儿子听我的。婆婆被绕进去，一脸懵懂。余飞燕又嘀零零嘀零零，清脆爽朗，停不下来，仿佛遇到了天底下最好笑的事儿。

孺子牛

　　中专毕业回来，黄国莲想进镇政府。姐姐黄国美愿意出钱活动，家里出个公家人，都体面。辗转托了人，无奈恰逢乡镇机构改革，未果。彷徨数月，才应聘到一家私立幼儿园，工资不到两百元，勉强够她自己吃喝。干到第二年年底，用工资买了一张卧铺票，自己到了深圳。

　　先进了黄国美所在的鞋厂。没干够一个月，就想走。每天工作十个小时，晚上洗澡洗衣服得排长队从洗手间来回提水。黄国莲与同学通电话，说深圳的文博会、布吉的油画村、深圳的地铁，还有深圳旖旎的夜生活（都是听别人说的），最后话锋一转，说深圳打工妹的生活就像过去农村养的猪……黄国莲坚持不加班，晚上花几小时出去学电脑，打字，制表，为自己从猪变成羊或牛做准备。六百块钱工资，几乎都花在了培训上。黄国美说她傻，人家都争着加班，一个小时多挣五块钱。你一个打工妹，还去上那些野鸡学校，上完不也白搭？

　　翌年，新元鞋厂搬到东莞，黄国莲选择留在深圳——让她像姐姐那样在工厂做一辈子根本不可能。周日，深圳被大雨洗过一回，天蓝莹莹的，树木也干净翠绿。黄国莲穿戴整齐，去赶人才市场。转两次车，步行几公里才到。几条劳动局、工会的祝贺横幅遮住了墙上巨大的金色招牌，露出"乐城"两个字。那是幢四层楼，据说先前是娱乐城，里面有KTV和保龄球馆。黄国莲花二十块钱买了张门票，里面人拥挤不动。她很紧张，什么都没带，也不敢靠近人家的招聘摊位。

前台：声音甜美，貌美气质佳，会office软件，说粤语。

车工：18至22，男，有外企经验，不近视，皮肤不敏感。

秘书：18至25，身高155mm或以上，五官端正。

保安：20至26，身高172mm以上。

…………

有些工种黄国莲根本没听说过，比如图样分组工、贴花工、压力容器电焊工……黄国莲对自己算不算人才也没把握，也不知道自己到底算五官端正还是貌美气质佳。熬到中午，人渐渐少了，才敢近前，问人家文员做什么。对方耐心作答，打字，接听电话，填表格，发送文件，接待来客。黄国莲哦了一声，这些我全都能做。人家问她要简历，她没有。问工作经验，也没有。懂电脑不，一点点。旁边的张姓经理递了张表过来，让她填。黄国莲找人家要了笔，仔细填好。张经理看看，你的字还不错嘛。黄国莲也不谦虚，以前更好，半年没摸笔了。

公司是生产手机接口和背光灯的。黄国莲的工作其实很轻松，管理冲床、轧床、磨床这些做手机零件的机器，记录它们的状况和历史。用她自己的话说就是，完善一个哑巴病人的病历。黄国美，包括其他在工厂打工的女孩同样都能胜任这个工作。黄国莲后来问过张新声，那么多人都想要这份工作，为什么最后选了她。张新声说，一是你字写得好，二是直——你比其他人诚实。

黄国莲给父亲打电话报喜，说她现在不在流水线上工作了。父亲不懂什么流水线，问，没工作了？黄国莲说，不是，是跳槽了。跳槽？父亲还是不明白。换工作了，黄国莲说。父亲这下听明白了，你总是东跳西跳的，不安分。黄国莲说，我当干部了，比我姐工资多，一个月八百元。住四个人一间的房，吃饭三菜一汤，有荤有素……

张新声是她的第一任男朋友。黄国莲进公司半年后，张新声又调入采购部。他带她出入日本餐厅、高级酒店，吃新鲜刺身、神户牛肉、咖喱蟹，喝上等清酒。见到姐姐黄国美，讲与她听，对方一脸懵懂。

年余，黄国莲还想跳槽。黄国美听说了，专程过来劝她，工资又涨了两百，你还想怎样？黄国莲说无聊，老是跟一堆机器打交道。黄国美喊一声，哪里不无聊？你是来打工，又不是来玩。黄国莲说，我是想提高生活质量，寻找新的快乐。黄国美说她发神经，书读得太多了。

未几，黄国莲跳到张新声一个客户的厂里，做铸件采购员。她的前任回去休假被关在老家，父母不让她与外省的男朋友再联系。黄国莲补了缺，工资又涨了两百元，但这还不算大头，真正的大头是供货商返还给她 10% 的回扣。逾半年，黄国莲就存下三万块钱。以前都是她觉得不称心就走，现在突然开始担心，厂里要是不要她了怎么办。上班愈加小心，不敢出半点儿纰漏。

　　春节放假，张新声想带她回江西，黄国莲没同意。张新声不可能娶她，她很清楚。回到老家，一切都不习惯，没有空调，人人都穿得像粽子，恨不得披上被子。晚上老早就黑定了，电视剧看了两集就没了，剩下都是新闻、搞笑。黄国莲躺在床上，睡不着。外面黑漆漆的，没有一点儿声响，连狗叫都没有……吃早饭的时候，父亲安排一天的活计。他去集上卖姜，母亲蒸馍，黄国莲去相亲——男方是村小学老师。黄国莲不愿意去，爸，他一个月拿七八百块钱，我拿五六千，即便我同意他也别扭啊。父亲说，你那啥工作？有今儿没明儿的，人家可是正式教师，吃国家饭的。黄国莲笑，我也吃国家饭——谁不是吃国家饭？父亲语重心长，莲啊，我知道你心气高，谁让咱没赶上好时候呢？咱一个打工的，踏实点吧。黄国莲也正色道，爸，我好歹也算见过大世面的人了，不可能再回来了。

　　翌年，张新声结婚，娶了老板的侄女。张新声也不避讳，还和黄国莲合资开了一家建材批发公司。黄国美给她介绍过几个男朋友，黄国莲见都没见，姐姐那个阶层的人，她哪能看得上？

三十岁那年，黄国莲嫁给了一个潮汕男人。张新声做的媒，对方是他老婆的表弟，在深圳经营一家印刷厂。大儿子长到四岁时，看到黄国莲站在那个著名的"孺子牛"雕塑前的照片，问那个阿姨是谁。黄国莲笑，妈妈啊。那是2003年，她多年轻啊，才二十岁。她还记得自己沿着大沙河坐了一个多小时的公交车，就为了去看那个"孺子牛"。照片中，黄国莲短发圆脸，面对即将展开的人生，兴奋，不安。时间过得真快，似乎哗的一声，十几年就过去了。

人生能有几次奥运会

中专毕业回来，涂晓莉没找到工作，窝在家里看了一夏天体育比赛。先是看能看出门道的乒乓球、排球、篮球，后来又看羽毛球、跳水、跨栏、体操、举重，甚至足球，还知道了越位……一个美国人竟然得了六枚奥运会游泳金牌！涂晓莉不喜欢体育，体育课都不情愿上，天热，没什么事儿做，新闻离她远，电视剧又太假，只有看人家比赛消磨时间。

父亲让她去幼儿园当老师，涂晓莉不乐意，说她一天都不想再进学校。母亲看不惯一个年轻人老缩在家里，催她去南边打工，年轻轻的，总不能老抱着电视看啊！去就去，涂晓莉整理好行李，父亲又拦她。你一个女孩子跑那么远，没人跟着怎么行？马上就过节了，过了节再说。

过罢中秋，正好有个胖女人来镇上招工，说是交四百元包进厂，每个月至少一千元工资。十七个男孩女孩，坐满一个小中巴。快进深圳时又换了辆当地的巴士，胖女人先去联络。巴士开到约定地点，左等右等等不到人，众人才知受骗。

政府过来安抚，愿意帮他们联系工厂，但工资不到八百元。想回去也行，政府负责回去的路费。涂晓莉去了一家纸箱厂，工资三百六十元，加班每小时三元。干了两天，嫌累，上个厕所都要赶时间。洗澡也难，要排很长时间的队。涂晓莉辞工想回家，厂里向上级政府汇报。隔了两天，送了张回去的硬座火车票给她。

回县城找了份收银的工作，一个月三百。涂晓莉暗喜，比深圳少不了多少。月底发工资，除去吃住，所剩无几。第二年，吴光辉给她送玫瑰花，约她晚上去县城唯一的西餐厅吃饭。涂晓莉欣然赴约——吴光辉是老板的侄子，浓眉大眼，长得有点儿像贾宝玉。家境也好，独子，上面两个姐姐，父亲在乡下当包工头。

北京奥运会时，涂晓莉儿子已经两岁。她已经知道电视上好多运动员的名字，他们有的还在比赛，有的已经当上了教练。那个美国人——这一次她记住了他的名字——菲尔普斯，竟然又独得八枚金牌。羽毛球运动员林丹，决赛时每赢下一球，赛场内都有海啸般的欢呼……涂晓莉又想到四年前，想到那次深圳之行，她突然生出重返深圳的念头。

涂晓莉的中专同学黄国莲介绍她进厂做文员，那是一家生产手机接口和背光灯的公司。吴光辉高中毕业，又没特长，只能在流水线上做工。月余，吴光辉要回去，他比涂晓莉累，工资还比她低两百块钱。吃饭更气人，涂晓莉吃干部餐，餐厅还有空调。涂晓莉说这会儿你眼气了，谁让你不多读几年书？回去你能做什么，还不是跟你那些酒肉朋友混？再那样混，咱们的日子也就完了。转而又柔声劝他，别回去了，我知道你是想家了，想宝宝了。你以为我不想？人都这样，出来觉得累、孤单，回去了又厌倦家里的生活。吴光辉被说动，又坚持了两个月，老乡介绍他去夜总会当保安。涂晓莉怕他学坏，说那里上夜班，你能吃得消？吴光辉用她原先的话答，出来就不是享福的。涂晓莉想想也是，一个大男人老拴在流水线上确实不好受。去就去吧，反正又没出深圳。

周末，厂里放电影，一个武打片，另一个是《周渔的火车》。武打片还好，哼哼哈哈，你打我我打你，好人打赢就完了。《周渔的火车》光影激滟，火车来火车去的，涂晓莉看得懵懵懂懂。第二天，她正和同事早餐，一个戴眼镜的男生端着盘子凑过来。同事介绍，市场部经理，赵光辉。涂晓莉笑，心想，这么巧。后悔早晨起得迟，没来得及好好捯饬捯饬自己的脸，没穿那件好看的掐腰小西服……赵光辉不知就里，问她为什么笑。涂晓莉顿了下，说我突然想到电影里那个写诗的，你像他。同事看着赵光辉，哪里像？涂晓莉嗫嚅着，说气质像。赵光辉说，气质是虚的。那个诗人其实喻指精神，孙红雷是物质。巩俐在精神和物质之间徘徊……

涂晓莉恍然大悟。

忽一日，吴光辉过来。他蓄起了胡须，稀稀落落的，配

　　　　　　　　　　　　四十七个深圳

着那张紧张神情，有点儿像街上的痞子。涂晓莉不悦，径直回了宿舍。吴光辉游荡一圈跟过来，耳朵上多了根香烟，不伦不类的，像是痞子身上多了件装饰品。正好是半晌午，同事都在上班，吴光辉上来要掀她衣服。涂晓莉撇开他的手，身上来了。吴光辉不信，不是月初吗？用手去探，果然垫着层东西。

春节返厂前一晚，涂晓莉给赵光辉发短信，喜欢你。半晌，那边问，发错了？涂晓莉回复，没错，后面用了感叹号。

赵光辉调到培训部，将涂晓莉也拉了进去。你不能当一辈子文员，得不断学习，有自己独立的人生。他教她在公众场合讲话的技巧，教她如何从网上拼凑演讲稿，给她机会在新员工面前演示操作流程、讲厂规……这段婚外情持续一年多，涂晓莉渐渐成长为培训部骨干。

赵光辉是突然消失的，手机也不在服务区。旬余，涂晓莉也辞了工，回去和吴光辉办了离婚——男人最重要的不是一副好皮囊，而是他内里的质地。

涂晓莉在深圳的第三份工作是培训生，一家韩国公司。她还记得赵光辉的话——之后好多年，她经常想到赵光辉说过的话——香港、台湾的老板对工人比较好。涂晓莉之后又换过好多工作，多是香港、台湾的公司。

伦敦奥运会之前，涂晓莉再婚——日子是她定的，蜜月正好看奥运会。男人是公司下面一个工厂的生产厂长，他们计划巴西奥运会之前怀孕生产。新家的电视几乎锁定体育频道，涂晓莉成了运动迷，能认出 NBA 和英超联赛的大半明星。她喜欢拿奥运会作参照点，人生能有几次奥运会呢？

唱不完的歌

蒋文化是在分局欢迎警校实习生的宴会上认识许若男的。那是夏初，又刚刚下过一场雨，空气清新，窗外树上的枝叶比平时格外绿。许若男和她的六名同学拘谨地挤坐在一起，偶尔为领导并不好笑的笑话放松一下僵在脸上的皮肉。说是实习，其实就是顶岗，分局人手紧张。局长离席之前吩咐司机蒋文化，送那两个小姑娘回去。

实际上只需要送许若男，另一个女生正黏男朋友，他们是一起来实习的同学。蒋文化暗喜，酒宴上他就注意到许若男，很耐看——瘦小，微黑，典型的南方人特征。可能是因为赴宴，女生都没有穿警服。许若男穿一身明黄色连衣裙，头发被一条精致的小手绢系在脑后，干练中不失成熟女人的韵味。蒋文化把车停到分局院里，与她一起步行回去。

路上，蒋文化问她哪里人，许若男答，潮汕。蒋文化又问有没有二十岁，许若男说，上个月刚过二十岁生日。蒋文化说他其实也是刚参加工作，武警退役。许若男笑，蒋文化问她笑什么，许若男说，想起了教科书上警察和嫌疑人的对话。蒋文化意识过来，也笑，都说潮汕女孩好……许若男接过话头，故意逗他，如今一见，并不怎么样。蒋文化赶紧说，不，是真好。一时无话，周围市井之声突然喧嚣起来。蒋文化无趣，指着路边的花树问，什么花，这么好看？许若男瞥了他一眼，没作声。蒋文化又说，你也不知道？好像只有你们南方才有。这次，许若男停下来，真不知道？蒋文化无辜地点头。合欢。他后来才明白，许若男以为他是有意为难她，让一个女孩子说出"合欢"两个字。

蒋文化第一次追女孩子，没有策略，不讲计谋。也可能正是这种笨拙的进攻打动了许若男，两个人才走到一起。许若男本来没打算在内地恋爱，父母都在香港，她早晚也会过去的。

韶关的实习结束，许若男撺掇蒋文化辞了工作，做生意。许若男的舅舅在南海做空调生意，走私货，价位低，利润空间大。蒋文化朝老家发了一批，太便宜，都怀疑质量不能保障，只好处理给了亲戚朋友。后来又倒腾过香蕉。心不狠，没挣到什么钱，但也不亏。

2001年春杪，许若男父母让他们到深圳见面。蒋文化那时正是一生中最好的时候，年轻力壮，一表人才。见了面，许家父母并没有特别反对。饭后要带他们去香港转转，但蒋文化没有通行证，许父说已经在海关挂过号，只能先带女儿过去，三天后再回深圳会合。

这一去就是永别。蒋文化在深圳等了一周，替许若男想过无数的理由，病了，或被父母锁在家里了，或父母生病了许若男留下伺候……无论如何，没想过许若男会自愿留在香港。电话打回老家，父母骂他傻，明显是对方设好的局。蒋文化将信将疑，在海关附近找了份保安工作。一做就是一年，直到战友来把他带走。

那时候，深圳机场成立交警队，每月一千元工资。蒋文化身体素质好，进去很快做了交警队长，手下管二十多个交警。

其间见过很多女生，有老家的，也有在深圳打工的。蒋文化也配合，但并不上心。话多的，他嫌人家聒噪。话少的，说人家性子怪。胖了，怪人家没节制。瘦了，又怕人家不健康……反正，总能挑出个一二三四。二十八岁那年，父亲生了一场病，召蒋文化回去。火车上，蒋文青打来电话，说借了同事的车，正在火车站门口等他。蒋文化心里纳闷，姐姐身体不好，两个孩子也小，莫不是父亲病危？蒋文青安慰他，不用担心，咱爸恢复得很好，已经回到家里静养。

火车站离县城还有近百公里。姐夫开车，蒋文化、蒋文青坐后排。市里的道路拐弯多，汽车的惯性一会儿将姐弟俩挤压在一起，一会儿又将他们甩开分到两边。姐夫眼睛盯着道路，嘴巴也没忘问寒问暖。蒋文化被晃得难受，肚里似有食物要翻上来。进入县城，他放下车窗，外面灰尘打脸，又赶紧关上。

晚饭后，蒋文青、蒋文化进了父母的卧室。蒋父开门见山，说让文化回来是商量老宅子翻新的事。老宅子临街，两间房子的场地，还是20世纪90年代起的两层小楼，姐姐一家一直住着。蒋文青说，她找人给那块地皮估了价，也就几万块钱。父母都不吱声，等着蒋文化表态。蒋文化清了清嗓子，说那房子姐一直住着，姐夫又下岗了，外甥正上学，姐压力大着哩。又不值几个钱，都归他们吧，随便姐姐自己处置。蒋文青搓着手，二一添作五，我给文化一半的钱……

蒋父说，还有一件事，趁着一块儿说道说道。我这身子骨，估计也活不太久了，就想看到文化结婚生子。

蒋文化一时涕泪齐下，羞愧不已，觉得自己太自私，没有顾及父母。

年底，蒋文化带了一个四川姑娘回老家。次年女儿出生，T3航站楼扩建，蒋文化又奉命去组建保安队。

蒋文化真正的转折是在2013年。深圳开始禁止外地泥头车上路，机场搞土方的老板看蒋文化老实可靠，建议他抓住机会及时跟进。蒋文化权衡再三，在机场最好不过是个保安队长，出来自己干，大不了损失一年工资，但机会更多了。女儿马上就要上小学了，一年学费就得两三万，再加上其他开支，指望他当保安的工资肯定不够。蒋文化狠下心，把手里九十万积蓄全部拿出来买了四辆车。工地太大，四辆车根本不够用，又贷款买了五辆。

那段时间蒋文化有一个保留节目，晚饭后带朋友们登上工地最高处观景。机场就在脚下，远近灯光有致，通过升起

　　　　　　　　　　　　四十七个深圳

或降落的飞机灯光与星空形成一个光的立方体。每每于此，蒋文化都有种居高临下统领天下的威仪。

2017 年春节，工地放假，蒋文化陪姐姐一家去香港。一出关，映入眼帘的繁体字就让他仿佛回到了 20 世纪 90 年代的录像片中，就连海关警察的服装都没变。在维多利亚游轮上，蒋文青问他香港有没有熟人，蒋文化说没有。想想不对，许若男不算？掐指一算，许若男也已三十六七。即使面对面走过来，蒋文化也不一定认出她。他试图回想许若男的面貌，但记忆里一片模糊，只记得第一次见面时她身上的黄色连衣裙，扎着头发的暗花小手绢。还有一些场景，经过狭窄河堤时两个人不得不搂抱着的水中倒影，躲在其中接过吻的瓜棚，还有那个他们第一次约会的名叫"合欢"的 KTV——两个人几乎唱了一夜，你一句我一句，一首接一首地唱，仿佛余生就是一首唱不完的歌。

有智吃智

　　谢飞扬高中毕业复习一年，只考到三本。谢青松心疼钱，四年下来得十万块钱，劝儿子别上了，跟我出去打工吧，我们生产线还需要人。谢青松在比亚迪负责一条生产线。

　　谢飞扬不乐意，打工有什么出息？

　　你想要啥出息？一个月三千多，还不中？谢青松问。你看北庄的那个大学生，毕业多少年了，不还是在家打煤球？他打的煤球还不如他爸一个农民打的好烧。

　　谢飞扬一时找不到话反驳，反正我不能还像你一样，靠体力吃饭。

　　谢青松喊了一声，靠体力吃饭咋了？又累不着人。小时候人家问你长大了想干啥，你还说跟我去深圳打工。

　　小时候？谢飞扬笑，小时候你说多吃鸡翅膀能飞，我吃了那么多飞起来过吗？还不让我吃鸡爪，说吃了鸡爪写字就跟鸡挠的一样。我听你们的话，没吃，现在字不也写得跟鸡挠的一样？小时候的事有几样是真的啊？

谢飞扬坚决不走父亲的路，他要靠脑力吃饭。大四那年，表哥给他打电话，问他知道东盟不，谢飞扬说不知道。表哥说，东盟是东南亚国家联盟的简称，是一个政府性国际组织。中国—东盟自由贸易区今年刚成立，这是中国对外商谈的第一个自贸区，你知道建在哪儿不？不等谢飞扬回答，表哥就说，我们南宁！国家下一个发展方向就在南宁。你学金融的，得了解国家的经济走势啊。谢飞扬不服气，心想你一个农民工，搞得跟经济学家似的。但表哥接下来的话又让谢飞扬动心了，来南宁吧，凭你大学生的脑子，在这儿肯定能发大财。

　　适逢股市低迷，谢飞扬还没找到合适的工作，遂决定去南宁碰碰运气。一下火车，就失去了自由——表哥进的是传销窝。一间房子住了九个人，没电视，手机没信号，靠墙地上一溜席片，晚上他们就睡在那上面。被骗去的人都没受过什么教育，来给他们讲课的人水平也不高，2的平方讲了大半天也没讲清。谢飞扬急着出去，主动要求当讲师。原本一星期的课程，谢飞扬两天讲完了。

　　表哥自觉无趣，介绍他去金华一家上市公司，他朋友在那儿做人力资源部长。未几，换了新部长，谢飞扬从班长降为普工。新部长问他想当副主任不，工资翻倍，但得拿钱跟相关部门打理。谢飞扬觉得这做派不像一个上市公司，骂了一通，扬长而去。

　　谢飞扬给父亲打电话，要去深圳。谢青松以为儿子走投无路，想来比亚迪工作，连声说好。正好装配车间走了一个工人，谢飞扬可以补缺。做了一天，谢飞扬辞职。谢青松问，你是嫌工资低？谢飞扬摇摇头。又问，那你想要什么样的工作？谢飞扬想了想，说，我就是不想做体力活儿。

谢飞扬在龙城一家茶协会找到一份工作，做策划——他在大学做过策划，有工作经验。谢青松听说儿子工资才四千块，问他图啥，比亚迪四千六百你不做，你上学上神经了？谢飞扬跟父亲解释，爸，工资固然重要，但我更想找一份能够提升我的工作。你那装配的活儿谁都能干，你希望我就那样做一辈子？我的日子还长着哩。

逾半年，茶协会里一个姓余的老板看他实诚，又懂策划，将他拉出来，单独成立一个策划公司。一晚，谢飞扬请父亲出来吃饭，说是新公司发了工资。谢青松问多少钱，谢飞扬让他猜。谢青松估计比原来多，大着胆子猜，四千五百？谢飞扬笑，太少。谢青松又猜，五千？我在这儿干了半辈子才五千啊。谢飞扬说，比你多一倍。一万？谢青松不相信。谢飞扬嗯了一下，年底还有分红，10%。谢青松说，你蒙人家吧？谢飞扬还是笑，人家是老板，我能蒙得了？

策划公司运营两年，利润近两百万，但有七十多万没收上来。余老板又改投净水器行业，让谢飞扬做净水器第三方服务——整合全国资源，服务所有厂家与客户。

逾半年，谢飞扬夹在中间左右为难——老板目光长远，计划三年见效益，管财务的老板娘却没耐心，长期不见钱，想停掉项目。谢飞扬不忍，一是自己倾注了心血，二是觉得前景很好，不时做些额外的功课，比如拿回去一万两万的小钱，应付老板娘。久了，老板娘又起疑心，谢飞扬肯定利用公司在外面挣钱，拿回来的只是小头。谢飞扬争辩，天地良心，我要是有其他收入，你随时可以查我的电脑记录——事实上，老板娘早就偷偷查过他的电脑。

两年合约到期，余老板放弃了那个项目。谢青松问，老板发现了？

发现什么？谢飞扬不解。

你蒙人家啊。

爸，谢飞扬解释，策划是一门学问，可不是蒙人。比如一个楼盘想卖上好价钱，就得有个好的策划……

想点子？谢青松明白了。

是啊，就是给人家出点子。

你的点子不中？谢青松问。

中啊。

中人家为啥又停了？

谢飞扬没法跟父亲解释，他得来一个经验，创业一定要找对人——这个人一定要有创业激情，还要有创业的使命感。

歇了两天，谢飞扬又接到余老板的电话，他朋友的锂电池生产公司想请他去做市场部企划。谢青松在一次老乡聚会上谝他儿子给人出点子，月薪一万三千元。众人皆不信。谢青松敛衽正襟，不看他们，一字一句道："有智吃智，无智吃力。"

创业

杨红旗甫一出生就被寄予厚望。那是个大家族，他又是他那一辈的第一个男丁，冠名红旗，显而易见，意思是要他在前面扬起一面大旗。

大学上的是广州的一所三本院校，杨父坚信城市对文科学生的影响并不比知识本身小。果然，大二一开学，杨红旗就印了一千张精致卡片，一面是学校门前公交的行车路线、校内各服务项目电话等，另一面是他售卖的防晒霜等产品广告。军训结束，他收入近万，趁机换了台电脑。

有一段时间，杨红旗沉迷于网游，有意毕业后去网易做游戏推广，但又觉得越是正规的公司年轻人机会越少。销售倒是一直在做，还曾经上过广州市大学生销售业绩榜。大四那年他给学校一年级宿舍配了洗衣机，每年收取一定租金……

在一家民营公司实习结束，杨红旗给武汉总公司老总写了一封信，陈述自己对公司管理及公司前景的看法。老总邀其面谈，放言海阔凭鱼跃。

杨红旗等不及毕业，早早加盟，牵头创建公司策划部。未及半年，又决定辞职——公司是家庭企业，总部都是老板亲戚，杨红旗所思所想无法兑现。

　　其间，杨父曾与他认真交谈，鼓励他考研。

　　考研为做学问，营销这碗饭靠的是年轻，错过了，岂不浪费？

　　那么，公务员呢？公务员虽不能大富大贵，但平稳，且逮住机会还能做点儿小生意。你看，那么多公务员不也过得很滋润？

　　滋润什么？前十年至少得像孙子一样伺候领导吧？

　　杨父无言以对。

　　杨红旗坚定地选择了深圳——深圳是年轻人的，深圳机会多。初始，他看中了一家大学门前新建的几间房子，想开超市。无奈所需资金过大，非父母那样的教师所能负担。犹豫之中，房子被别人签走，也是开超市，生意果然如日中天。杨红旗悔不当初，迅速盘下隔壁小间，卖正装，取名毕业季，定位很有针对性，就是即将就业的大学生。

　　很顺利——说不上太好，但也完全过得去。辗转半年，杨红旗又在另一所大学门口复制了一个店。

　　汉语言里，"创业"这词赋予的成功色彩总是大于失败。春节回老家，杨红旗在深圳创业并开了"连锁店"一说迅速传开，赞扬之声不绝于耳。杨红旗借助风势，真的飘了起来，似乎自己已经登上追赶马云的台阶。

两个店都请了店长，杨红旗抽身出来到东莞朋友开的网吧做社区营销。给父母的电话里，总是踌躇满志，说朋友非常看重他，他们争取合力打造出一种新型的休闲网吧。杨父心下甚喜，观念超前的儿子终被赏识。挂电话前，杨父惴惴问起工资待遇，儿子说还没谈到这一块——一起创业，他宁愿分文不取换来锻炼机会。杨父无语，古往今来，为学艺忍气吞声的例子太多了。反复思量月余，杨父仍觉不对，如果对方真觉得儿子重要，工资高低应该是最好的明证，更何况是在东莞那样以财富论高低的城市。杨父鼓起勇气追问，儿子略有不耐，说下个月即将研究这一块——他要是张口，一万也没问题。问题是，儿子顿了一下，他想要股份。股份？自己没投一分钱能分到股份？杨父开始怀疑自己，在小县城待久了，真的跟不上大时代了？未几，杨红旗不声不响回到深圳。不用问，一万的工资和股份都是儿子自己的臆想。

暑假，杨父杨母去深圳探班，杨红旗已贷款买车——两个店来回跑，公交需要四个小时，他不想把时间都耗在路上。新车牌号01Y1，杨红旗笑言，这是天意，暗示他能挣够一个亿。

杨父没有泼冷水，甚至小心翼翼避开东莞的话题，唯恐打击儿子的自信。

下半年，杨红旗又开了几家加盟店，西安、银川、武汉……好消息接二连三，先前的老总也抛出橄榄枝：来武汉开店，办公室和住室都准备好了，前期费用全由公司负责。

杨红旗欣喜若狂，有人投资是一，二则是武汉市场前景也广阔，一百多万大学生呢。

杨红旗马不停蹄地在武汉各高校之间跑了一个多月，选定四家店址——计划第二年再开四家。不料，像一个玩笑，老总又突然宣布不再投资。

那是杨红旗迄今为止遭受的最大打击——他已经卖掉深圳红火的两个店铺，一心想在武汉撸起袖子大干一场。杨父不忍看到儿子的沮丧，东借西借，补偿似的凑够了开两家店的资金。

勉力支撑了一年，仓库又重新搬回深圳，杨红旗将主要精力从开店转移到供货上。

杨父暑期再去探班，发现新仓库在地铁 11 号线附近，离机场只有一站路。头顶上，不几分钟就能听到飞机起落的噪声。杨红旗说，虽说离市区远了点儿，但交通方便，出了门就有地铁。杨父心想，最重要的应该是这里租金低廉吧。弹丸之地挤满了亲嘴楼，人都在逼仄的大楼间小心行走。仓库在一楼，角落里摆了几张办公桌，充当办公室。

杨父头一天早上起来就遇到堵心事：杨红旗停在仓库门前的车上放着一块砖头。邻居说，怕是村头停车场搞的事，车都停在自家门前，收谁的费？杨父怕事，催着儿子赶紧找房主帮忙协调。可能是遇到此类事多了，杨红旗仍没事儿一般，真要是停车场干的，为什么不直接来告知？

那十几天，杨父重新认识了自己的儿子——杨红旗没有三头六臂，别说跟马云比，跟任何一个创业成功者比，都差得远。父母对孩子的崇拜多么盲目啊！杨父还有一个更加失落的发现，杨红旗已经离他们越来越远。搞批发，杨红旗是花钱买了上一家的客户资源——如此重大的事，根本没跟他们商量。还有从杨红旗同学那里不经意听到的缥缈爱情——他们以为儿子还没有谈过恋爱呢。

　　回到老家，遇到朋友同事再问起儿子的事，杨父改了口，再不提创业一词，只说打工，勉力维持生活。杨父也没跟杨母讲儿子车顶上的那块砖头，知道讲了也是徒添牵挂。倒是讲到了那些飞机，杨母以为有些夸张，哪有那么多要飞来飞去的人呢？杨父说，你还没看地铁里，那边刚走了一拨，这边转眼又满了。继而又自言自语，天上飞来飞去的毕竟是少数，还是地上的人多。

后记

大时代，小人物

　　这部长篇非虚构作品往前可以追溯到 2011 年。天正热，一位年届七十的文友邀我去深圳。我去深圳做什么呢，不买不卖，又不打工。最重要的是，我不擅交际，不擅与陌生人相处。文友说去看看深圳，中国最年轻的现代化城市。人家态度诚恳，火车票都买好了，还说那边已经定好接站的人。我被逼上梁山，因此结识了文友在深圳开厂的儿子，见到了几个二十多年未曾谋面的高中同学。

　　那是一个有魔力的城市，人们奔来奔去，只为成为神话。我的那些同学，有开厂的，有做贸易的，还有开诊所的，共同点是，都买了房，孩子在深圳的公立学校读书，算是扎下了根。他们的业余生活就是消费，就是娱乐。我跟着他们，每天也过着灯红酒绿的生活，做梦似的。视线以内没有为活下去而挣扎的人，直到见到我弟弟。

　　那是离开深圳的前一天，我得抽空见一下在工厂当保安的弟弟，他和弟媳一直在深圳打工，租住的房子逼仄潮湿，电扇呼呼地响。我一下子坠入另一个世界。吃饭是我找的地方，粥铺——想着便宜。没想到，深圳没有那种白米粥，只有海鲜粥，贵得不得了。我替弟弟心痛，他应该从来没有这么奢侈过吧？

回来的火车上我就在想，弟弟和我那些高中同学初来深圳时都一样，都是外来者，但为什么弟弟在工厂勤勤恳恳日子还过得紧巴巴的，而他们却如鱼得水？

后来我又去过几次深圳，认识的务工者越来越多，老乡、同学、学生……那个问题一直纠缠着我。我想写一本书，写深圳的务工者。最初只是想写那些老板们，他们之所以有今天，是因为他们不只关心一时的成败，更渴望成为社会的参与者，渴望看到自己和社会产生关系，渴望看到饱满的自己。但又觉得不够全面，务工者那么多，平凡者更多，我应该有更多的样本，来映射这个大时代。我意图远大，期望它可做史料，也可为后来者借鉴。

这个创作思路通过了中国作协 2018 年度定点深入生活项目办公室的审核，同时也得到了河南省及驻马店市宣传部门的支持。2016 年至 2018 年，我先后六次去深圳、东莞，有计划有目的地采访了一百多人。他们中既有"60 后"，也有"90 后"；既有在深圳落地生根的，也有像我弟弟那样在工厂做到退休回老家的。

动笔的时候，才发现掌握的材料不够。每次采访，基本上都是听被访问对象随意讲述，缺少针对性。好在电话方便，微信预约好时间之后，又进行了一番补充采访。

写到中途，发现已成文的十一篇很单调，更像简介，不好读，不耐读，缺少文学性，只能全部作废。正好又有朋友邀我自驾去深圳，我干脆合上电脑，往行李箱里塞了《聊斋志异》和《史记》，出发了。

我们选择大庆到广州的高速，一是车少，二是顺便可以去几个红色景点转转。在井冈山，我们看了《井冈山》实景演出。现场的枪炮声倒是震耳欲聋，效果却不尽如人意：演出没有处理好真实与文艺的关系。由此想到我正在创作的作品，读者要的肯定不只是干巴巴的人物经历，我得找到切入点，找到表现他们的文学手法。

有次赶饭局的路上经过深圳西站，陪我的学生说，这是深圳最老也是条件最差的一个火车站，停靠的都是绿皮火车。2002年他来的时候就听说这个站要拆掉。为什么还没拆？学生答，可能是为农民工着想吧，毕竟还有那么多低收入者。这个解释有点儿主观，但又异常人性，那一刻，我突然领悟到该怎么写弟弟了。

我决定放弃被访者的业绩，将笔墨转向被采访者生活或性格的一个方面，以小说和史料相结合的手法，来映照他们的得与失。我重新整理了采访笔记和录音，生出一些想象，尤其是他们生活的细节。我相信，这是趋于文学的真实，它能抚平褶皱，更能探知人性幽暗的欲望，从而让我们活得更沉着，更勇敢。

相比深圳在历史相度及经济容量上的阔大，这四十七个人物无论是老板还是工厂打工者，都极其渺小。我不自量力地希望，读者能从我的文字中看到这些渺小人物身上阔大的一面——那应该是深圳乃至整个中国的阔大。希望，文学能在细微处找到表达当下的切口。

附录

闯入者、漂泊者与他们的深圳故事

——读张运涛作品《四十七个深圳》

张运涛是一名高中教师，我们结识时他已是著述颇丰的作家了。他之前的作品多关注小城青年，在《四十七个深圳》这部新作中，作者用多年的采访积累写出了四十七个深圳故事。

这些故事分为三个篇章，分别是二十世纪八十年代、九十年代和新世纪，每部分由数篇小故事组成。这三个时代，就是改革开放四十多年来的社会发展史。通过一个个从中原农村走出的人闯深圳的故事，还原了他们的百态人生。在既有的理解中，这些人或被涵盖为"农民工""进城务工人员"，抑或"底层"，没有人去关心他们从哪里来，也没有人去关注他们的城市生活。他们终归是和城市游离的。在很大程度上，城市属于高楼、咖啡厅、高级酒店以及灯红酒绿、光鲜亮丽的原住民、成功者或中产阶级，而作者则刻意地回避那些成功的形象和故事，寻找、发现那些仍是底层的人生。

在这些故事中，我们会发现他们有着各种各样的动机，但基本属于敢想敢干者。他们不安于农村的贫困生活或小县城的低微工资，想换一种人生，毅然来到深圳。在二十世纪八十年代的文学叙述中，这些人是被肯定的，他们尚属于"改革者"的文学序列中，或者属于路遥笔下高加林、孙少平那样不安于现状的农村优秀青年形象。但随着二十世纪九十年代以来物化的崛起，失败者的人生逐渐成为被遮蔽的对象，流行的是成功人士的"半张脸的神话"，或者咖啡厅、高尔夫等带有物化叙事的新方向。因此，在读这些故事时，读者会被拉回那个有着一腔热血的年代。

八十年代的故事《木棉花开》写一对高中同班同学，相恋但没有得到家人的支持，复习多年也没有考上大学。方丽娟在流产之后被家人送到深圳打工，鲁国中也寻到深圳去。二人终究没有在深圳重逢，反而越来越远。鲁国中经历多年流转做了生产灯具的大型国有企业的业务代理，而方丽娟在妹妹的公司帮忙。两人终于在2015年相约见面。鲁国中摆上精心准备的白玫瑰以及方丽娟高中时喜欢的画，然而他也只能在忐忑中怀念对方曾经的样子。

九十年代的故事《未来的幻想》，写陈力量高考没有考好，只有去一所私立大学读书。毕业后回县城当一名临时工，因工作上受到委屈，决定抛开稳定的生活去南方打工，并说服妻子一起到深圳。在数十年中，他频繁跳槽，从鞋厂到印刷厂，再到自己开工厂，资产越来越多，俨然创业成功的典范……

除了这些为了金钱的奋斗故事，作者还关注到他们的精神世界与梦想。《没有吉他，钱再多有什么意思》中的肖劲东高考落榜，跟人南下深圳，成为一名鞋厂工人。但他一直没有忘记自己对吉他的热爱和幻想，工余，他喜欢背着吉他去工厂附近的歌厅唱歌，还赢得厂花的青睐。然而婚后，这副不食人间烟火的模样实在不适合世俗世界，于是妻子提出"要吉他还是要家"的追问。在家庭和生活逼迫下，他摔掉吉他，换了工作，在比亚迪厂做工人。厂庆时又忍不住应邀表演，演出的成功重燃了他的吉他梦。他拜师学艺，周末去音乐厅听歌，喜欢灯光暗下来，一个人孤独地站在舞台中央，抱着吉他唱歌给人听。

在这些故事中，他们曾经作为外来者的艰辛、人生的不断流转在微型小说中被一笔带过，作者告诉我们，他们已经习惯说"我在这儿过得很好"，因为在深圳这十几年，已经习惯了委屈自己。读这些文字，使我想到了那些远去的小人物，他们被时代的浪潮裹挟，他们或是电视剧中的打工妹，或是流水线上的计件工人，他们的梦想和初心，他们对于城市的渴望，或因他们来自农村那脆弱的出身，使得进阶之路步履沉重。

我们也会发现不同时代闯入者的自觉意识不同。二十世纪八十年代，那些离开家乡闯荡深圳的人，多少还有些在原乡待不下去，不得不出走的故事，如《出门》中的枣花，她是王畈第一个闯深圳的人，原因是男女私情被发现以及那个年代的不被容忍。二十世纪九十年代之后，金钱的力量凸显，在《都是钱闹的》中，向前被八百块钱的工资诱惑，停薪留职去了深圳；在《位置》中，孙月明不愿回乡做干部，背水一战去了深圳。而在新世纪的讲述中，越来越多的则是自觉抛弃小镇生活，不满足于微薄的收入以及一眼看到尽头的生活。《创业》中的杨红旗大学上的是广州的三本院校，读大学期间就开始做小生意，军训结束就做到了收入近万，等不及毕业就开始创业。杨红旗坚定地选择了深圳——深圳是年轻人的，深圳的机会多。即便父亲不看好，他也仍然坚持折腾自己。如果说在之前的讲述中，闯深圳还多少带有感性的冲动，而在越来越近的故事中，深圳则更多成为一个理性的选择。

这一个个人生故事、飘零的个体，结成共同的纽带，和在城市中生存下去的共同记忆。四十年的改革开放史，也是一部城市化进程史，一个个怀着梦想踏入城市的人生漂泊史。毕竟，时代给了人们更多的选择，他们不必像曾经的高加林那样被打回原乡，而是有了更多人生的可能。即便漂泊生活的艰辛，仍会使他们怀念曾经的过往，或是那时的情感，或是一把吉他，或是家乡的菜园，但他们都不愿回去。

作者在创作谈中提及，自己通过多年的采访了解到这些不同的深圳故事之后，一直在考虑如何用文学表达。文学是什么？德文有精确的释义 macht sichtbar，意思是"使看不见的东西被看见"。这些深圳故事的原型就来自作家的家乡王畈，也多是他的同代人，甚至有作者的亲弟弟。作者在作品中并没有臧否他们的选择，没有高高在上的评判，只是一种文学呈现，使得他们的人生故事被读者看到，使得更多小人物的命运有了文学言说的可能，使得更多的人能够去关注他们的物质生活与精神世界。最后，借用克莱齐奥的那句话，"如果说作家手中的笔必须具备一条美德的话，那就是：它永远不应该被用来颂扬那些富贵权势之人，哪怕是以最随意的口吻"。文学拒绝任何以大欺小的理论或做法，坚定地守护着"人"，这也是文学的意义之所在。(魏华莹)

(选自《啄木鸟》2019年第12期)